시를 즐기는 법

시를 즐기는 법

박일환 씀

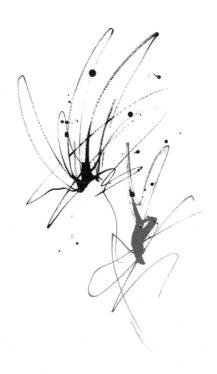

단비
danbi

시를 향한 즐거운 발걸음

시의 시대가 저물었다는 말도 있지만 그래도 여전히 시 읽기를 즐기는 이들은 많습니다. 그런 현상을 설명하기 위해 어려운 말로 시의 가치를 따질 필요까지는 없겠지요. 시가 인간에게 필요하다는 사실은 분명하고, 앞으로도 오랫동안 시가 우리 곁에서 사라지진 않을 테니까요. 지금 이 글을 읽고 있는 분들이 바로 그런 믿음을 공유하고 있을 거라 믿습니다. 기계와 AI가 노동과 인간 생활의 많은 부분을 대신해 준다 하더라도 인간은 생각하고 느끼는 걸 멈추지 않을 겁니다. 그런 사유와 감각의 영역을 넓혀

주는 것 중의 하나가 시입니다.

시를 읽는 데 특별한 이론이 필요하지는 않습니다. 서점
에 '시론詩論'이나 '시학詩學'이라는 말이 들어간 제목의 책
이 여럿 나와 있지만 그건 시인이 되거나 시 연구자의 길
을 가려는 이들에게 필요할 뿐, 독자들에게는 시를 읽기
도 전에 피로도만 높일 가능성이 큽니다. 시를 가까이하
다 보면 저절로 자기만의 읽기 방법을 갖추게 될 테고, 그
정도면 충분한 일이지요. 그러니 제가 이 책에서 펼치게
될 몇 가지 이야기는 전문적인 내용이라기보다 옆에서 시
읽기를 부추기는 추임새에 지나지 않을 수 있습니다. 추임
새라 할지라도 적당히 꼴은 갖추어야 할 것 같아 이런저
런 식으로 틀을 짜 보긴 했으나 그런 형식에 구애받지 말
고 편안히 읽으면 될 듯합니다.

이 책에서 주로 얘기하는 건 시가 어렵다고 지레 겁먹지
말라는 것, 어려운 시는 굳이 안 읽어도 된다는 것, 시를
해석하고 활용하는 건 독자의 몫이라는 것, 시는 무한히
열린 텍스트라는 것, 시를 읽는다는 건 시인의 마음을 읽
고 시인의 감각을 느껴 보는 것 정도인데요. 나아가 시를

읽고 얻은 걸 다른 이들과 이야기하며 나누면 더 좋겠지요. 무엇이나 그렇듯 내가 원하는 건 내가 마음을 기울이는 만큼 다가오기 마련입니다. 그러니 시 쪽으로 얼마나 내 마음을 옮겨 놓을 것인가, 그런 준비가 되어 있는가 하는 점이 중요합니다. 시는 언제든 여러분을 맞을 준비가 되어 있으니 시를 향해 앞으로 한 발 떼어 놓기만 하면 됩니다. 그렇게 해서 만난 시가 맛이 없다고 느껴지면 그 옆에 있는 다른 시를 집어 들면 되고요.

시가 없어도 충분히 재미있는 인생도 있겠지만, 시가 있어 더 재미있는 인생도 가능하지 않을까요? 삶은 누리는 것이고, 그러한 누림을 더욱 풍성하게 해 주는 것 중의 하나가 시일 수 있음을 알아채면 좋겠습니다. 이 책이 그런 길로 이끄는 길잡이가 될 수 있기를 바라며, 이 책을 손에 들 모든 이들에게 고맙다는 말씀을 전합니다. 책이 나올 수 있도록 이끌어 주고 책을 만들어 준 이들의 정성도 오래 기억하겠습니다.

2024년 봄에
박일환 씀

차 례

1 시와 시적인 것

시라는 게 대체 뭘까요?

시를 읽기 전에 시가 대체 무언지부터 따져 봐야 하지 않을까 싶습니다. 그런데 이게 쉽지 않은 질문입니다. 그동안 수많은 시인과 문학 연구자 그리고 평론가들이 시에 대한 정의를 내려왔습니다. 비슷하면서도 조금씩 다른 시에 대한 정의들이 과연 시를 잘 설명하고 있을까요?

다양한 견해를 아우르면서 가장 압축적인 형태로 제시하고 있는 게 교과서에서 말하는 시에 대한 정의일 텐데요.

중고등학교 시절 국어 선생님한테서 시에 대한 정의를 뭐라고 배웠는지 혹시 기억하고 있는지 모르겠습니다. 국어 교과서는 시를 "자신의 생각과 감정을 함축적인 언어로 운율을 빌려 표현한 글" 정도로 정의하고 있습니다. 시의 특성에 꽤 접근하고 있지만, 저 정도의 말로는 시를 완벽하게 혹은 충분하게 설명하지는 못합니다.

당장 온갖 이상한 기호를 끌어들여 배치하고 있는 〈오감도烏瞰圖〉 연작을 비롯한 이상李箱의 여러 시만 떠올려 봐도 교과서에 나온 정의로는 충분치 않다는 걸 알 수 있습니다. 오래전에 학생들이 쓴 시들만 모아 펴낸 시집이 있었는데요. 그중에 인상 깊었던 작품이 지금도 기억납니다. 제목은 '시험'이고, 내용은 "또 봐?" 단 두 글자였습니다. 저건 시일까요, 아닐까요? 설마 어린 학생이 쓴 것이니 시로 인정하기 힘들다고 하지는 않겠지요? 저기에 무슨 운율 같은 시적 장치가 있습니까? 지금은 시험 보는 횟수가 많이 줄었지만 제가 학교 다닐 때만 해도 기말고사와 중간고사는 물론이거니와 월말고사도 있었고, 심지어 주말고사까지 치르기도 했습니다. 그러니 시험을 대하는 학생의 마음이 저토록 간결하게 표출될 수 있었을 겁니다. 저는 무척 잘 쓴 시라고 봤고, 시집을 엮은이도 같은 생각이었겠지요.

교과서에 나오는 시의 정의와 맞지 않는 시를 들자면 한이 없습니다. 신문에 나오는 광고 문안을 그대로 가져오는 건 예사고, 다른 사람의 글을 인용한 다음 제목만 그럴듯하게 붙인 시도 보았습니다. 최근에는 디지털카메라로 찍은 사진과 글을 조합한 '디카시'라는 장르까지 등장해서 다양한 작품들이 나오고 있습니다. 만일 어떤 시인이 제목 아래 사진 한 장만 달랑 배치한 다음 그걸 시라고 하면 어떻게 될까요? 사진 대신 그림이나 악보를 넣을수도 있겠군요. 도무지 해독할 수 없는 문자나 이미지만 던져 놓고 "당신이 알아서 해석해"라고 할 수도 있겠습니다. 지나친 예일 수도 있겠지만 그런 식으로 독자들을 혼란에 빠뜨리는, 극단의 실험을 시도하는 시들도 꽤 있습니다. 이렇듯 시는 예전부터 계속 변화해 왔고, 지금도 다양한 형태로 변화해 가고 있습니다. 진화의 법칙은 시라고 해서 비켜 갈 수 없겠지요. 그러니 미래의 시는 또 어떤 모습으로 우리 앞에 나타나게 될지 궁금합니다.

시와 시 아닌 것의 경계는 불분명합니다. 당신이 시라고 받아들이면 시고, 시가 아니라고 생각하면 시가 아닙니다. 정리하자면 시라는 게 정확하게 어떤 건지 몇 마디 말로 정의할 수 없다는 건데요. 이렇게 말하면 너무 허무해지면서 무책임한 회피로 비칠 수도 있겠습니다. 하지만 그런 사정에도 시라는 게 우리 눈앞에 실재實在로서 존재하고 있는 건 사실이며, 시를 쓰는 시인과 시를 읽는 독자들이 생생한 모습으로 우리 곁에 머물러 있습니다. 또한 시를 뭐라고 정의할지 모르겠다 하더라도 우리 머릿속에서 '시'라고 하면 대략이라도 떠오르는 느낌 같은 것들이 있기 마련입니다. 누구에게나 시를 느끼는 마음이 있고, "이런 게 시야"라고 인식하는 그 무엇이 있다는 거지요.

시적이란 건 또 뭘까요?

이 대목에서 잠시 질문을 조금 바꿔 생각해 볼 필요도 있지 않을까 싶습니다. 가령 '시적'이라는 건 또 뭘까 하는 식으로요. 시가 시인 것은 그 안에 '시적'인 그 무엇이 담겨 있기 때문이 아닐까요? 시 안에 담긴 시적인 것을 찾아내서 음미하는 것, 그게 '시 읽기' 혹은 '시 감상'이라고 할 수 있을 테니까요. 그렇다면 시적인 것이 시를 이루는 매우 중요하면서 핵심적인 고리라고 생각해 볼 수도 있겠습니다.

우리는 주로 어떤 상황에서 '시적'이라는 말을 쓸까요? 시적인 영화, 시적인 무용, 시적인 풍경, 시적인 대화, 시적인 그림, 시적인 분위기, 시적인 사랑… 무척 많은 사례를 나열할 수 있을 겁니다. 이런 수사에 동원되는 시적인 것의 공통점을 생각해 보면 대체로 아름답다, 우아하다, 잔잔하다, 간결하다, 맑다, 평화롭다, 리드미컬하다 같은 느낌들이 따라오지 않나요? 이와 반대로 날카롭다, 격렬하다, 웅장하다, 거칠다, 흉측하다, 사납다, 무섭다, 징그럽다 같은 말들은 시적인 것과 거리가 멀다는 느낌이 따라올 테고요.

그런데 참 이상한 건 세상에 나와 있는 시들을 보면 후자 쪽에 해당하는 내용과 형식을 갖춘 것들도 많다는 겁니다. 대표적인 게 풍자시라고 하는 것들일 텐데요. 풍자는 기본적으로 공격성을 바탕으로 하니까요. 어설프게 찌르지 말고 확실하게 제대로 푹 찌르는 것, 그게 풍자시가 갖추어야 할 덕목입니다. 조선 시대 사설시조에 그런 풍자가 담긴 것들이 많고, 박정희 정권 시절에 발표된 김지하의 담시 〈오적五敵〉 같은 경우가 대표적입니다. 유신 시대와 광주학살에 분노하면서 박정희, 전두환 정권의 폭압에 맞서며 전사를 자처한 김남주 시인의 전투적인 시들은 또 어떻습니까? 공격성과 전투성을 내포한 시 말고도 저런 걸 차마 시라고 할 수 있을까 하는 생각을 불러일으키는 시들도 많습니다. 욕설로 도배하다시피 한 시가 있는가 하면, 남녀 성기 명칭을 그대로 끌고 들어오기도 하고, 끔찍함을 넘어 잔혹하기 그지없는 장면을 그대로 재현해 놓은 시들도 있습니다. 시인이 시집을 내면 대개 시집 앞이나 뒤에 '시인의 말'을 싣습니다. 제가 본 '시인의 말' 중에서 가장 충격(?)적으로 다가왔던 건 김언희 시인의 시집 《말라죽은 앵두나무 아래 잠자는 저 여자》에 실린 '자서自序'인데요. 이렇게 되어 있습니다.

임산부나 노약자는 읽을 수 없습니다. 심장이 약한 사람, 과민 체질, 알레르기가 있는 사람도 읽을 수 없습니다. 이 시는 구토, 오한, 발열, 흥분의 부작용을 일으킬 수 있습니다. 드물게 경련과 발작을 일으킬 수도 있습니다. 무엇보다 이 시는 똥 핥는 개처럼 당신을 싹 핥아 치워버릴 수 있습니다.

어떤가요? 그래도 이 시집을 집어 들 건가요? 시인이 경고한 것처럼 실제로 시집 안에는 엽기적이거나 그로테스크하다고 여길 만한 표현들이 수시로 등장합니다. 제가 가지고 있는 시집은 2쇄본인데, 그해 3월에 1쇄를 찍고 딱 20일 만에 2쇄를 찍었더군요. 그 후에도 꽤 많이 팔렸을 겁니다. 제법 유명한 문학상도 몇 차례 받았고요. 문단에서뿐만 아니라 독자들 사이에서도 자기만의 개성을 지닌 뛰어난 시인으로 평가받고 있습니다. 김언희 시인만큼은 아닐지라도 과격한 표현을 서슴없이 쓰는 시인들은 많습니다. 우리 시단을 대표한다고 할 만큼 유명한 이성복 시인의 시에는 "아버지, 아버지…… *쌍새끼, 너는 입이 열이라도 말 못 해*"〈그해 가을〉라는 구절이 나오는가 하면, 최승자 시인은 "개 같은 가을이 쳐들어온다"〈개 같은 가을이〉라고 했지요. 이걸 아버지나 가을을 모독하는 표현만으로 한정해서 읽을 독자들은 많지 않을 겁니다.

그러니 다시 또 '시적'이란 건 무얼까 하는 질문으로 돌아오게 될 텐데요. 시적인 것을 아름답고 순수한 그 무엇으로 인식하게 된 건 그동안 그런 유의 시들이 많았고(교과서에서 주로 그런 시들을 모아 가르치기도 했고), 그러다 보니 저절로 시란 혹은 시적이란 이런 것이라는 무의식적인 통념이 만들어진 게 아닐까 싶습니다. 그러므로 시를 읽고 즐기기 위해서는 먼저 시와 시적인 건 이런 것이어야 한다는 고정관념을 버리는 것부터 시작해야 합니다. 세상에 존재하는 모든 풍경과 사건, 언어는 모두 시적인 것을 내포하고 있다는 말로 이해해도 되겠고요. 그것이 비록 흉측하고 뒤틀린 표정을 짓고 있더라도 말이지요.

정의를 거부하는 시

시적인 것은 처음부터 특별한 형태로 존재하는 게 아니라 순간적으로 태어나는 거라고 할 수 있습니다. 언제, 어디서, 어떤 모습으로? 이 질문에 저는 시인의 예민한 촉수가 발동되는 순간이 있기 마련이고, 그때 시인의 눈과 손끝에서 태어나는 거라고 말씀드리겠습니다. 시적으로 보이지 않는 걸 시적으로 보이게끔 돌려놓는 것, 그게 시인의 감각이고 솜씨일 겁니다. 그리고 독자는 그런 감각과 솜씨에 힘입어 탄생한 시를 읽으면서 자신의 내면과 감성을 변화시키거나 풍부하게 만들 수 있을 테고요.

시는 정의를 거부합니다. 자신의 정체가 밝혀지는 걸 극도로 싫어한다고나 할까요? 시가 이러저러한 거라고 정의하는 순간 "땡!" 하며 그건 틀렸다고 말할 준비가 되어 있습니다. 시는 무엇이든 빨아들여서 제 것으로 만드는 놀라운 힘을 지니고 있습니다. 시가 위대한 이유이기도 합니다. 물론 시만 그런 것이 아니고 다른 예술 장르도 마찬가지인데요. 음악과 미술만 살펴봐도 늘 새로운 형식과 내용으로 변화 발전하고 있다는 걸 알 수 있습니다. 20세기 음악계의 아방가르드라고 하는 존 케이지가 소음도 음악이라고 말하며 기존의 인식으로는 용납할 수 없던 전위 음악을 선보였고, 미술계에서는 백남준이 비디오아트라는 새로운 영역을 개척한 지도 벌써 오랜 시간이 지났으니까요. 시는 아직 아무도 밟지 않은, 언제나 새로운 미지의 세계입니다. 지금 이 순간에도 시는 자신의 영토를 넓혀가고 있습니다. 어디에도 갇히거나 구애받지 않으려는 자유로운 정신, 그게 시를 비롯한 예술의 유일한 특징일지도 모르겠습니다.

그러니 시가 무언지를 알려고 한다면 다른 방법이 없습니다. 그냥 시를 만나고 시 속으로 들어가면 됩니다. 제가 내세우는 모토는 이렇습니다. "시의 내부를 향해 직진하라!" 물론 그렇다고 해서 시가 무엇인지 정확히 알 수 있는 건 아닙니다. 다만 "아하!" 하고 깨닫는 순간들이 많아질 건 분명하지 않을까 싶습니다.

2 시를 꼭 읽어야 할까?

시가 존재하는 이유

누구나 반드시 시를 읽어야 한다고 말한다면 그것도 폭력이 될 겁니다. 무턱대고 강요할 수 없는 일이기도 하거니와, 평생 시 한 편 안 읽고도 성실하고 착하게 자신의 삶을 꾸려 가는 사람도 많으니까요. 당장 먹고살기도 빠듯한 이들에게는 시를 읽는 일이 사치일 수 있겠지요. 시 읽을 시간에 밀린 잠을 자거나 노동에 지친 심신을 달래 줄술 한잔이 훨씬 갈급할 수도 있겠습니다. 그래도 시는 우리 삶에 꼭 필요하며 많이 읽어야 한다고 말하는 이들이 있습니다. 저는 그렇게까지 말하고 싶지는 않지만 가능하면 읽는 편이 좋겠다는 정도의 말은 하고 싶습니다.

생존하는 데 꼭 필요한 일이 아니라면 후순위로 밀리기 마련이고 그런 면에서 볼 때 시 읽기는 후순위 중에서도 한참 후순위로 밀릴 수 있겠습니다. 생존을 위한 기본 조건이 갖추어진다면 그때부터 비로소 남는 시간에 무엇을 할까 고민하게 되겠지요. 그건 대체로 생산 활동과 무관한 일이 될 테고요. 하지만 모두에게 똑같이 적용할 수는 없습니다. 생존이 급박한 상황에서도 어떤 이는 악착같이 자신이 하고 싶은 일을 찾아서 하는 경우도 있으니까요. 그런 예외를 인정한다 해도 시 읽기는 교양인들의 고급스러운 취미 활동이라는 혐의를 받기 쉽습니다. 세상에는 다양한 놀이가 존재하고, 드라마나 영화 같은 즐길 거리가 넘쳐 납니다. 시는 애초부터 그런 것들과 경쟁하기 어려운 조건을 지니고 있는 것처럼 보입니다. 그런데도 시가 여전히 생존하고 있다는 걸 생각하면 참 신기하다는 생각이 들곤 하는데요. 대체 이유가 뭘까요?

세상에 존재하는 모든 것은 필요에 의해서 생겨난 것이고, 각자 그 나름의 존재 이유가 있습니다. 길가에 뒹구는 돌멩이 하나도 그렇듯이, 시 역시 마찬가지일 테지요. 세상에 존재하는 모든 것이 모든 사람에게 꼭 필요한 것이 아니듯, 시 또한 그런 셈이긴 하지만 없어도 그만인 게 아니라 있으면 좋은 거라는 정도는 말씀드릴 수 있겠습니다. 그렇다면 시가 존재하는 이유, 읽으면 좋은 이유가 있을 텐데요. 이미 많은 사람이 시가 지닌 긍정성에 대한 이야기를 들려주었습니다. 고달프거나 슬픈 이들에게 위안을 준다든지, 언어의 아름다움을 느끼게 해 준다든지, 감정을 순화시켜 준다든지, 인간 존재와 삶에 대한 사유와 성찰의 계기를 마련해 준다든지 하는 식으로요. 시가 그런 역할을 하고 있다니 얼마나 위대한가요? 세상 모든 사람이 시를 읽으면 아름다운 세상이 펼쳐질 것만 같습니다. 하지만 우리가 사는 세상은 언제나 소란으로 들끓고, 정의보다는 불의가 득세하는 것처럼 보입니다. 그게 다 사람들이 시를 멀리해서 그런 걸까요? 당연히 그런 건 아니겠지만 시가 사라지면 세상이 지금보다 더 어두워질 것 같기는 합니다.

시, 진실을 담아내는 그릇

오래전에 공자님이 이런 말씀을 하셨지요.

詩三百 一言以蔽之日 思無邪 시삼백 일언이폐지왈 사무사

"시 삼백 편을 한마디로 말하면 생각에 사특함이 없다는 것이다." 정도로 해석할 수 있겠는데요. 시 삼백 편은 고대 중국의 시가를 모아 엮은 《시경詩經》에 실린 시들을 말합니다. 그 옛날과 지금의 시를 비교하면 형식과 개념에 여러 차이가 있을 수 있지만 시의 바탕을 이루는 본질은 그리 큰 차이가 없을 겁니다. 사특함이 없다는 걸 뒤집으면 진실하다고 할 수 있겠지요. 그렇다면 시는 진실을 담아내는 그릇이라고 할 수 있겠군요.

부자나 권력자들에게는 시가 그다지 쓸모없을 겁니다. 그들도 고민이 있긴 할 텐데, 주로 어떻게 하면 권력을 유지할 수 있을까, 어떻게 하면 재산을 더 불릴 수 있을까 하는 것들일 겁니다. 그런 고민들에 대해 시가 답해 줄 수 있는 건 없습니다. 봉건시대 군주들도 시를 짓고 읽기는 했습니다. 당시의 지배 계층들은 시를 교양의 척도로 삼았으니까요. 교양을 치장해 주는 용도로 쓰였던 시들과 《시경》에 실린 시들은 차이가 많습니다. 시경에 실린 시들은 대부분 민요에 가까웠습니다. 백성들의 애환과 남녀의 사랑 이야기가 많이 담겨 있지요. 음풍농월이나 고담준론高談峻論에 치우치기보다는 백성들의 실생활과 거기서 비롯한 감정을 반영한 작품들이라는 얘기인데요. 삶의 진실이라는 건 구체적인 감정 속에서 모습을 드러내기 마련입니다. 공자가 말한 "사무사思無邪"가 그 지점에 닿아 있을 테고요.

시에 대해 이야기하는 내용 중에 독자를 불편하게 만드는 시가 좋은 시라는 말이 있습니다. 진실을 안다는 건 사실 꽤 귀찮은 일입니다. 누군가 슬픈 일이나 억울한 일을 당했다는 말을 들으면 마음이 즐거울 리 없습니다. 같이 마음 아파하거나 분노해야 하는데, 그러자면 감정의 소모가 생기기 때문입니다. 모르면 내 마음에 아무런 동요가 생기지 않겠지요. 아는 순간 그 사건 속으로 들어갈 수밖에 없습니다. 그리고 판단을 내려야 합니다. 함께 슬퍼하거나 분노할 것인가, 아니면 외면할 것인가? 외면하자니 도리가 아닌 것 같고, 함께 감정을 나누자니 앞서 말한 대로 힘이 듭니다. 남이 당한 일에 내가 왜 함께 슬퍼

해야 하지? 이런 마음이 들 수도 있지만 사람은 대체로 함께 슬퍼하는 쪽으로 기울곤 합니다. 이웃의 슬픔에 함께하는 마음이 없다면 인간 사회는 유지되기 어렵겠지요. 시는 그런 마음을 자꾸만 건드려서 동요를 일으킵니다. 감정의 출렁임이 일지 않는 시는 좋은 시가 되기 어려운 까닭이기도 합니다.

시가 태어나는 자리

사랑의 환희를 노래하는 시들도 있지만 그보다는 이별을 노래한 시들이 훨씬 많습니다. 시가 태어나는 자리는 대체로 상실이나 결핍이 있는 곳인데요. 시인은 독자들을 자꾸만 그런 곳으로 데려갑니다. 그러면서 혼자만 안락하게 살지 말 것을 요구하지요. 그러니 불편할 수밖에요. 그런데도 그런 시들을 찾아 읽는 독자들이 있습니다. 참 이상한 일 아닌가요? 인간은 이처럼 복합적인 성향을 지니고 있습니다. 시를 읽다 보면 두 갈래의 마음이 일어나는데요. 타인의 슬픔과 고통을 위로하고 싶은 마음과 나만 슬프고 고통스러운 게 아니구나 하는 데서 오는 안도감입니다. 위안은 서로 주고받는 겁니다. 시는 그런 마음을 부추기는 역할을 하는 것이고, 그럼으로써 인간 사회가 유지될 수 있도록 돕는 거겠죠. 시가 사회문제의 해결책을 가져다주는 건 아니지만, 대신 진실한 삶에 대해 생각하게 만드는 통로 역할을 합니다.

세속적 성공이나 부를 위해 시를 읽는 사람은 없습니다. 더러 교양인의 티를 내기 위해 읽는 사람은 있겠지요. 그것도 그리 나쁘다고 보지는 않습니다. 그보다는 내면의 성숙을 위해서라거나, 감성의 근육을 키우기 위해서라고 하는 이들이 많을 텐데, 쉬운 말로 표현하자면 지금보다 좋은 사람이 되기 위해서 읽는다고 말할 수 있겠습니다. 그럼 시를 많이 읽으면 저절로 좋은 사람이 되는 거냐고 물을 수 있겠군요. 꼭 그렇지는 않지만 그럴 가능성은 높아진다고 말할 수 있습니다. 사람이 배우고 익힌 대로만 사는 건 아닙니다. 학교에서 아무리 도덕과 윤리를 배워도 모두가 도덕적으로 살지는 않습니다. 그것과 마찬가지라고 하면 비유가 될까요? 정상적으로 학교교육을 잘 받으면 괜찮은 사람이 될 가능성이 많듯이, 시를 많이 읽으면 좋은 사람이 될 가능성이 많다는 정도로 이해하면 될 듯합니다. 인간이라면 누구나 조금씩은 갖고 있는 허위 의식을 말끔히 벗어 버리기는 어렵습니다. 끊임없이 자신을 돌아보고 성찰하면서 자신의 성장을 위해 노력해야 합니다. 그런 도구로 시가 쓸모 있는 역할을 할 수 있다는 것만큼은 분명합니다. 바쁘고 힘들게 살더라도 아름다움에 대한 생각을 놓지 말아야 한다는 것, 가던 걸음 멈추고 이렇게 살아도 되는지 잠시 생각에 잠겨 보는 것, 시가할 수 있는 일은 그 정도입니다.

좋은 언어와 삿된 언어

신동엽 시인의 시 중에 〈좋은 언어〉라는 작품이 있습니다. 좋은 언어로 이 세상을 채우자고 하는 내용의 시인데요. 좋은 언어란 어떤 언어를 말하는 걸까요? 듣기에 좋고 예쁘거나 우아한 언어를 말하는 건 아닐 겁니다. 좋은 언어란 좋은 세상을 만드는 데 필요한 언어겠지요. 진실한 언어라고 말할 수도 있겠고요. 그런 언어는 아첨하는 말과는 거리가 멀어서 때로는 투박할 수도 있고, 폐부를 찌르는 날카로움을 지니고 있기도 합니다. 그러면서 사람의 마음을 움직입니다. 어느 쪽으로요? 진실이 있는 쪽으로요.

좋은 언어로 세상을 채우려면 우선 삿된 언어를 몰아내야 합니다. 삿된 언어란 거짓 언어와 통하는 말이고, 힘 있는 자가 윽박지르는 말일 수도 있습니다. 시는 그런 말들과 맞서 싸우는 전장입니다. 싸움 끝에 조용히 순교의 피를 흘리는 현장이 되기도 하고요. 윤동주 시인이 〈십자가〉라는 시에서 "모가지를 드리우고/ 꽃처럼 피어나는 피를/ 어두워가는 하늘 밑에/ 조용히 흘리겠"다고 한 이유를 생각해 보곤 합니다. 시는 승리의 기록보다는 패배의 기록에 가깝습니다. 패배에서 시작해 패배를 두려워하지 않는 단계로 이끌어 주는 시의 힘을 믿어 보면 어떨까요? 남의 것을 가져오기보다는 내 것을 내주는 것, 아름다움이란 그런 거 아닐까요? 약육강식이 통용되는 세상에서 나도 지배자가 되겠다가 아니라 약자들 곁에서 그들의 손을 잡고 같이 걸어가는 것, 그리하여 마침내 굴복하지 않겠다는 자존을 지키는 것이야말로 귀한 마음이겠지요. 1980년 5월 광주에서 시민들이 주먹밥을 나누는 마음자리가 바로 시가 머물러야 할 자리일 테고요. 그런 역사적 사건을 떠나서라도 소박한 나눔과 연대의 마음을 얼마든지 발견할 수 있습니다. 상처를 입고 쓰러진 동물을 보살펴 주는 마음, 눈에 잘 띄지 않는 구석에 숨어서 피는 작은 꽃을 갸륵하게 여기는 마음 같은 것들이 그렇겠지요. 시가 추구하는 아름다움이란 무얼까요? 인간을 인간답게, 삶을 삶답게, 세상을 세상답게 해 주는 게 아름다운 거라고 말하고 싶습니다.

시는 아름다움과 연대하는 마음을 보여 줍니다. 지금보다 좋은 사람이 되고 싶습니까? 이 세상을 좋은 언어로 채우고 싶습니까? 그렇다면 시를 읽으세요. 세상을 탓하기는 쉬워도 세상을 바꾸기는 어렵습니다. 하지만 세상을 바꾸고 싶다는 열망까지 버려서는 안 되겠지요. 그러자면 나부터 바뀌어야 합니다. 기존의 나를 버리고 날마다 새롭게 태어날 때 세상이 조금은 다르게 보일 겁니다. 시의 곁으로 다가가서 시의 마음으로 세상을 들여다보세요. 거기 나처럼 못났지만, 그래서 더 정겨운 이웃이 바보 같은 웃음을 짓고 있을지도 모릅니다. 신경림 시인이 "못난 놈들은 서로 얼굴만 봐도 흥겹다"(파장)고 했으니, 그런 힘으로 이 어지러운 세상을 건너가노라면 절망 같은 것쯤 넉넉히 이겨 낼 수 있지 않을까요?

3 어떤 시를 읽어야 할까?

시와 익숙해지기

세상에는 헤아리기 힘들 정도로 많은 시가 있습니다. 그런 만큼 내용과 형식이 다양하기 마련이고요. 그런 시들 중에서 어떤 것들을 골라 읽으면 좋을까요? 하지만 저는 그런 질문에 마땅한 답을 지니고 있지 않습니다. 당연히 좋은 시를 찾아서 읽으라고 말하고 싶지만, 좋은 시라는 기준을 정하기 어렵거니와 사람마다 받아들이는 게 다르기 때문입니다. 가장 쉬운 대답이라면 자신에게 맞는 -취향이나 이해 수준을 고려한- 시를 찾아서 읽으라고 하는 정도일 텐데요. 문제는 자신에게 맞는 시가 어떤 시인지 알지 못하거나 생각해 본 적 없는, 다시 말해 시를 접해 본 경험이 많지 않은 이들이 있겠지요. 그렇다면 손에 잡히는 대로 무작정 읽기 시작하라는 말밖에 드릴 수가 없습니다. 그렇게 마구(?) 읽다 보면 저절로 자신에게 맞는 시가 어떤 성격의 시들인지 알게 될 테니까요. 자신이 직접 부딪쳐 보고 경험하며 길을 찾아가라는 얘기입니다.

이런 말이 무책임하게 들린다면 몇 가지 구체적인 방법을 제시할 수는 있습니다. 중고등학교 시절 국어 시간에 배웠던 시들 중에서 괜찮았다고 기억에 남아 있는 시를 떠올린 뒤 그 시를 쓴 시인의 시집을 구해서 읽는 방법입니다. 그러면서 조금씩 시에 맛을 들이는 거죠. 아니면 주변에 시를 좋아하고 잘 아는 이들에게 부탁해서 읽을 만한 시집을 추천받을 수도 있겠습니다. 그것도 아니면 시인이나 명사들이 엮은, 다양한 형태의 시 모음집을 사서 읽는 겁니다. 사랑 시를 모은 것도 있고, 위안을 주는 시를 모은 것도 있고, 행복을 예찬하는 시를 모은 것도 있을 겁니다. 특정 주제와 상관없는 명시 모음집 같은 것도 있겠군요. 그런 시집을 읽다가 마음에 꽂히는 시가 있으면 그 시를 쓴 시인의 시집을 구해서 읽어 보세요. 베스트셀러로 소문난 시집을 구해 읽든지, 도서관에 가서 시집 코너에 있는 시집들을 무작위로 골라 읽는 방법도 있을 테고요. 어떤 방법이든 일단 시에 익숙해져야 합니다. 익숙해지기 위해서는 시간과 노력이 필요한데요. 인내심을 갖고 읽다 보면 시를 보는 눈이 트이는 순간이 찾아옵니다. 이래서 사람들이 시를 읽는구나 하는 깨달음과 거기서 오는 기쁨을 느낄 수도 있고요. 무엇이든 그렇지만 많이 보고 많이 접할수록 이해도가 높아지는 법이니까요. 손이 닿는 가까운 곳에 시집을 놔두고 생각날 때마다 집어서 한두 편씩 읽어 보세요. 어떤 이는 화장실에 시집을 두고 볼일 보는 동안 시를 읽는다고 하더군요. 가방 안에 늘 시집을 넣어 다니다가 누군가를 기다리거나 잠시 빈 시간이 찾아올 때 꺼내서 읽어도 좋겠고요.

수준이 높은 시와 낮은 시

그런데 이쯤에서 생각해 볼 문제가 있습니다. 내가 읽고 있는 시가 너무 수준이 낮은 작품들은 아닌가, 내가 시를 보는 안목이 부족한 건 아닌가 하는 생각이 들 수 있는데요. 수준이 높은 시와 그렇지 못한 시가 있는 건 분명합니다. 이미 고전의 반열에 올랐거나 문단에서 두루 호평받은 시와 이제 시를 쓰기 시작한 아마추어의 시를 같은 자리에 놓고 볼 수는 없겠지요. 똑같이 등단한 시인이라도 차이가 있을 수 있고요. 그렇다면 수준이 높은 시들만 읽어야 할까요? 수준이 낮은 시는 휴지통에 담아 버려야 하는 걸까요? 시 읽는 수준을 높이려면 어떻게 해야 할까요? 이런 질문에 답을 찾아가 볼까 합니다.

수준이 높은 시란 어떤 것들일까요? 가장 먼저 떠오르는 게 국어 교과서에 실린 시들입니다. 교과서에 실린 시들은 대체로 전문가들의 검증 과정을 거쳐 수준이 뛰어나고 문학성이 높은 시라고 해서 선택된 것들입니다. 여기에는 함정이 있는데, 그렇게 수준 높은 시들을 열심히 읽었는데도 시를 좋아하기는커녕 싫어하는 이들이 많이 생긴다는 거지요. 여러 가지 이유가 있을 겁니다. 우선 시험을 위해 시를 공부한 데서 오는 압박감 때문에 시를 온전히 즐기는 법을 익히지 못했을 테고요. 시의 수준과 그걸 읽는 독자, 그러니까 학생들의 수준이 안 맞는 경우도 있습니다. 제가 오랫동안 국어 교사를 했는데, 대체 왜 이 시가 중학교 교과서에 실렸는지 이해하기 힘든 경우가 많았습니다. 중학생들의 사고 수준과 경험에 맞지 않는 시들을 싣다 보니 공감을 끌어내는 데 어려움이 생기곤 했습니다. 요즘은 그래도 교과서 만드는 체계가 바뀌어서 유명 시인들 작품뿐만 아니라 청소년들의 생활과 고민에 닿아 있는 시와 쉽고 재미있는 시들도 제법 실리고 있는 편입니다. 그나마 다행스러운 일이지요.

그다음으로 제가 말하고 싶은 게 어쩌면 가장 큰 문제일수도 있겠는데요. 교과서에 실린 시들은 내가 고른 게 아니라 남들이 골라 줬다는 사실입니다. 각자의 취향과 상관없이 무조건 읽으라고, 강요에 가까운 방법으로 던져 줬다고 해도 틀리지 않을 겁니다. 사람은 누구나 자신이 좋아하는 걸 자신이 선택하고 싶어 합니다. 그래야 애정이 생기고 오래도록 사랑하게 되니까요. 그래서 가능하면 다양한 선택지를 줄 필요가 있습니다. 교과서에 실린 시뿐만 아니라 교과서 바깥에 있는 다양한 시들을 만나게해 주는 교육이 필요하지요. 가령 시 감상문을 쓰는 과제를 낼 때 도서실에 가서 자신이 좋아하는 시를 고른 다음 감상문을 쓰도록 하는 방식 같은 걸 생각해 볼 수 있습니다. 그게 교과서에 실린 시를 분석하고 해설해 주는 것보다 훨씬 유용한 시 교육이 될 수 있지 않을까요? 수준이 높고 낮음을 따지기 전에 일단 시를 자주 만나고 좋아하게 만드는 게 우선이니까요.

그렇다고 해서 학교에서 이루어지는 시 교육을 폄하하거나 부정할 생각은 없습니다. 국어 시간에 시를 가르치는 일이 시에 대한 기본 교양을 쌓는 데 도움이 되는 건 분명하니까요. 학교에서 하는 시 교육이 더 강화되고 깊어질 필요가 있습니다. 그런 고민을 하는 국어 교사들도 많고요. 그런 면에서 저는 시 교육에 꼭 필요한 게 창작 시간을 확보하는 거라고 봅니다. 남의 시만 읽고 분석하게 하지 말고 직접 시를 써 보게 하는 것, 그게 시의 특성을 몸으로 익히는 가장 확실한 길이 아닐까 싶습니다. 하고 싶은 이야기를 가장 알맞은 시어로 담기 위해 언어를 매만지는 일, 고통(?)스럽지만 그 과정에서 느끼는 기쁨은 시를 쓰면서 맛볼 수 있을 테니까요. 그렇게 쓴 시를 시화로 만들어 전시하거나 문집을 만들면 좋겠고, 나아가 시 낭송회 같은 행사를 하면 더 좋겠지요. 시 쓰기 교육은 초등학교에서는 비교적 활발하게 하는데 중학교, 고등학교를 거치면서 점점 줄어듭니다. 그런 현실을 깨고 나가는 국어 교사들이 많아지기를 바랍니다.

우열이 아닌 다양성의 차원으로

흔히 수준이 낮다고 하는 시들은 어떤 것들일까요? 지하철 스크린도어에 실린 시들이 대부분 문학성이 떨어지고 그래서 시의 격을 낮춘다는 동료 시인들의 푸념을 여러 차례 들었습니다. 그런 불만이 나올 수 있다고 생각하면서도 저는 큰 문제라고 보지 않습니다. 오히려 없는 것보다는 낫다는 생각도 합니다. 그 자리에 광고판이 붙어 있다고 생각하면 그게 더 보기 싫을 테니까요. 스크린도어에 시를 실은 건 시인들을 위해서가 아니라 시민들을 위해서입니다. 서울 같은 경우는 기성 시인들의 시와 시민 공모로 뽑힌 시들을 함께 싣고 있는데요. 시라는 게 꼭 등단한 시인들만 창작하고 발표할 수 있는 건 아니겠지요. 아마추어 시인들 시가 기성 시인들의 시에 비해 작품성이 떨어질 수는 있습니다. 그렇다고 해서 그런 작품을 무시하거나 질이 낮은 시를 공공장소에 내걸어 문화 수준을 낮춘다고 여긴다면, 혹시라도 시인들의 지적 오만이나 우월감에서 비롯한 건 아닌지 생각해 볼 필요가 있습니다. 전철을 기다리는 잠깐 동안 스크린도어에 실린 시를 읽을 수 있어 좋다는 시민들의 반응도 많습니다. 그런 걸 외면하면서 다양한 성격과 층위를 지닌 시를 단순히 우열의 개념에 맞춰 재단해 버리는 건 그리 좋아 보이지 않습니다. 시인들은 자신의 고유한 시 세계를 열심히 가꾸며 좋은 시를 쓰기 위해 노력하면 됩니다. 독자들의 마음을 울릴 수 있는 시를 써내는 것, 그게 시인에게 주어진 책무 아닐까요? 문학사에 남을 만큼 위대한 시를 쓰고, 그런 시를 골라 비평하며 권위를 부여하는 건 문단 안에 있는 이들끼리 하면 됩니다.

세상에는 고급문화와 고급 예술만 존재하는 게 아닙니다. 주류 예술이 있으면 늘 그에 맞서는 비주류 예술이 있기 마련이고, 정통 취급을 받지 못하는 하위 예술이라고 해서 가치가 없는 것도 아닙니다. 영화를 예로 들자면 스스로 B급 영화를 추구한다는 감독들이 있고, 그런 B급 영화 중에서 명작이 나오는 경우도 심심찮게 볼 수 있습니다. 시를 비롯한 모든 예술 작품이 한결같이 심오하고 고상할 필요는 없습니다. 문화의 생태계는 다양할수록 좋습니다. 저급하다고 여겼던 것들이 시대가 바뀌면서 새로운 평가를 받는 일은 흔합니다. 조선 후기에 평민들이 쓴 사설시조는 격식을 파괴한 것뿐만 아니라 상스러운 내용도 많이 담고 있는데, 교양 있는 양반들 상당수는 그런 게 문학이 되리라고는 생각할 수 없었겠지요. 유행가 가사가 시보다 못할 이유가 없고, 뒤늦게 한글을 배운 할머니들이 쓴 시가 기성 시인들의 시 못지않게 감동을 주기도 합니다.

많은 독자를 거느린 하상욱이나 이환천 같은 이들이 위트 섞인 짧은 말로 시를 쓰는데, 특별한 깊이가 없는 말장난에 지나지 않는 형태로 다가오기도 합니다. 때로는 개그맨들의 어법에 가깝다는 느낌도 들고요. 그렇지만 일단 재미있습니다. 독자들이 좋아할 만합니다. 감상이 아닌 소비에 가깝다 할지라도 그런 현실이 존재하고 있다는 걸 부정할 수 없습니다. 가벼운 터치로 창작한 것들이 나올 수 있는 것은, 기존에 우리가 시라고 여기던 것들이 있었기 때문입니다. 그렇다면 기존의 시에서 갈라져 나온 파생품이라고 할 수도 있겠고, 더 적극적으로 해석한다면 시의 확장이라고 볼 수도 있습니다. 유치하다는 걸 단점으로 지적하는데, 시가 놀이의 도구가 되면 안 된다는 법도 없지 않을까요? 이런 게 됐든 저런 게 됐든, 유치하든 우스꽝스럽든 거기서 어떤 새로운 싹이 자랄지 모르는 일입니다. 전통적인 의미의 작가들이 문학으로 여기지도 않는 웹소설의 미래가 어떻게 될지 아무도 모르는 것처럼요.

그러므로 수준이 낮은 시들을 읽는다고 해서 자책할 것

도 없거니와 남들한테 비난받을 일도 아닙니다. 본인이 읽고 즐거우면 그걸로 충분합니다. 괜히 억압받으며 혹은 남들의 시선을 의식해 일부러 어려운 시를 읽을 필요도 없고요. 그래도 이왕이면 좋은 시를 읽고 싶고, 시 읽는 안목을 높이고 싶다는 생각을 품는 건 당연합니다. 누구나 자신을 발전시키고 싶은 마음을 갖고 있기 마련이니까요. 이제부터는 그 부분에 대해 이야기할까 합니다.

시와 소통의 관계

한 번만 읽어도 쉽게 이해되는 시가 있고 여러 번 읽어도 도무지 무슨 말인지 모르는 시가 있습니다. 어떤 시인들은 시골 촌부가 읽어도 금방 이해할 수 있도록 쉽게 써야 한다고 말합니다. 시는 쉬워야 한다고 주창하는 분들의 생각을 충분히 존중하면서도 모든 시가 그래야 하는 건 아니라고 생각합니다. 김수영 시인의 시 중에는 독자들이 이해하기 어려운 작품들이 무척 많습니다. 그래서 평자마다 해석이 엇갈리는가 하면, 지금도 새로운 해석이 쏟아지고 있습니다. 그렇다면 김수영이 시를 잘못 쓴 걸까요? 그럴 리는 없습니다. 많은 시인이 김수영을 진정한 현대시의 출발점이라고 말할 정도니까요. 김수영보다 더 어려운 시를 쓰는 시인들은 넘쳐 납니다. 그런 시인들이 각종 문학상을 받고, 일정한 독자들을 확보하고 있습니다. 시가 쉬워야 한다고 말하는 이들은 시도 소통의 수단이므로 소통이 불가능할 정도로 어렵게 시를 쓰는 건 독자들을 배반하는 일이라고 말합니다. 시가 독자한테서 멀어지게 하는 주범이라고도 하더군요. 그런 면이 없는 건 아니지만 전적으로 옳다고 하기도 어렵습니다.

소통에 대한 오해 중의 하나는 단순히 말을 주고받는 것, 즉 대화로 좁혀서 이해하는 겁니다. 같은 생각을 공유하는 사람들끼리는 말이 잘 통합니다. 그러다 견해가 다른 사람을 만나면 논쟁이 벌어지고, 때로는 말이 안 통한다며 갈라서기도 하지요. 주고받는 말이 어려워서가 아닐 겁니다. 말을 쉽게 해도 관점과 생각이 다르면 상대의 말을 받아들이기 힘들어서 그런 거죠. 그래도 자주 만나다 보면 상대의 말을 조금 더 듣게 되고, 어느 정도 접점을 마련할 수 있습니다. 내가 말을 쉽게 한다고 해서 절로 소통이 이루어지는 건 아닙니다. 내가 상대의 말을 이해하고 받아들이려는 노력이 전제되어야 합니다. 그러므로 소통은 말하는 것보다 듣는 게 더 중요할 수 있습니다. 대화 자체가 중요한 게 아니라 대화하는 방식, 열린 마음 같은 게 더 필요할 수 있다는 거죠. 시인이 독자에게 다가가기도 해야 하지만 독자도 시인에게 다가가려고 노력해야 합니다. 일방적으로 시인에게만 이런 시를 써 달라고 요구할 게 아니라, 독자가 시인의 마음을 읽으려는 자세도 필요하다는 얘기입니다. 시인이 독자에게 영합할 이유는 없습니다. 그랬다간 오히려 싸구려 감상만 나열하는 시를 쓸 수도 있으니까요. 이 말을 독자를 아예 생각하지 말라는 말로 오해하지 않기를 바랍니다. 마땅히 독자를 생각하되, 독자의 취향을 바꾸거나 독자의 수준을 높이기 위한 고민도 함께해야 한다는 말을 하고 싶습니다.

현대시가 복잡하고 어려워진 이유

시인은 기본적으로 남들과 다른 말을 하는 사람입니다. 내가 보지 못한 것, 듣지 못한 것, 생각지 못한 것을 알려 주고 들려주는 존재라고 하겠습니다. 흔히 '낯설게 하기'라는 말을 많이 쓰는데요. 시인이 남들과 똑같은 방식으로 평소에 늘 듣던 얘기나 하면 누가 시를 찾아서 읽겠습니까? 시를 쉬운 말로 썼느냐 어려운 말로 썼느냐는 본질상 중요한 얘기가 아닙니다. 내 의표를 찌르는 것, 그래서 내가 다른 방식으로 생각하도록 하는 게 시가 하는 역할입니다. 당연히 쉬운 말로 전달하면 좋겠지만 세상사가 복잡한 만큼 시의 언어도 복잡할 수 있습니다. 김수영이 시에 쓴 낱말 자체는 어려운 게 별로 없습니다. 오히려 고상한 말 대신 일상어를 적극적으로 끌어들인 시인으로 평가받고 있습니다. 그런데도 김수영의 시를 어렵다고 느끼는 건 말을 구성하는 방식 때문입니다. 시를 이루는 말의 조합이 낯설기 때문이지요. 거기서 긴장감이 생기고, 독자는 그런 긴장을 견디며 시를 읽어야 합니다. 오히려 긴장감 때문에 시 읽기가 즐겁다는 독자도 있습니다.

고전 시가들에 비하면 현대시는 복잡하고 어려운 쪽으로 변화해 왔습니다. 그건 세상이 그만큼 복잡해졌기 때문입니다. 복잡한 걸 단순하게 정리해서 표현하는 것도 능력이지만 때로는 복잡한 사고 회로를 가동하도록 독자에게 요구할 필요도 있습니다. 인간의 뇌는 쓸수록 활성화된다고 하지요. 자극이 반응을 불러옵니다. 약한 자극을 주면 약한 반응이 오고, 강한 자극을 주면 강한 반응이 오겠지요. 그렇다고 해서 지나치게 강한 자극을 주면 회로가 아예 파괴될 테니 적절한 수준에서 조절할 필요는 있습니다. 다만 여기서 주의할 건 사람마다 자극을 받아들이고 소화하는 능력에 차이가 있다는 건데요. 이 지점에서 시인들은 많은 고민을 합니다. 가능하면 많은 독자를 끌어들일 수 있는 길을 갈 것인가(대중 영합의 혐의를 받더라도), 강한 자극에도 버틸 수 있는 소수의 독자를 상정해서 쓸 것인가 하는 식으로요. 선택은 오로지 시인의 몫입니다. 그러니 시인을 탓하는 건 아무런 의미가 없습니다. 감당하기 어려운 시는 안 읽으면 그만이니까요.

시인의 권리와 독자의 권리

이상의 시를 어떻게 읽어야 할까요? 수많은 연구자와 평론가들이 이상의 시들을 이렇게도 해석하고 저렇게도 해석해 왔습니다. 그런 독법들이 모두 맞을 수도 있고 모두 틀릴 수도 있는데요. 그게 시의 특성입니다. 시인들은 종종 기존의 문법 체계를 변형하거나 정해진 규칙에서 벗어나는 것을 두려워하지 않습니다. 아예 자신만의 문법을 만들어 사용하기도 하지요. 행을 이상하게 꼬거나 어수선하게 늘어놓는 경우도 있습니다. 띄어쓰기를 전혀 하지 않고 처음부터 끝까지 모든 음절을 붙여쓰기도 하고요. 왜 그럴까요? 쉽게 읽지 말라는 얘기입니다. 천천히 긴장감을 가지고 읽으라는 얘기이기도 하고요. 시인들은 고집이 셉니다. 자기만의 스타일을 만들어 유지하려 하고, 때로는 일부러 독자들의 짜증을 불러일으키는 듯한 태도를 취하기도 합니다. 시인은 시를 어렵게 쓸 권리가 있고, 독자는 어려운 시를 안 읽을 권리가 있습니다. 시인의 방식과 독자의 방식이 같아야 할 이유는 없습니다.

일반 독자보다 시를 더 많이 읽는 저도 이해하기 힘든 시를 만날 때가 많습니다. 특히 젊은 시인들의 시는 '낯설게하기'의 정도가 심해서 요령부득으로 다가오곤 합니다. 그래도 꾸역꾸역 읽으려고 하는 편인데, 솔직히 쉽지는 않습니다. 그런데 제가 어렵다고 하는 시들을 곧잘 읽어 내고 좋아하는 독자들이 있습니다. 주로 젊은 독자들이죠. 어떻게 된 걸까요? 시는 보편성을 띠어야 한다고 하지만 그 보편성이라는 것의 정체도 명확히 합의한 바는 없습니다. 살아온 시간과 공간이 다르면 신체에 각인된 감각도 다를 수밖에 없습니다. 그냥 '진실'이라는 말로 뭉치기 어려운, 같은 사물이나 풍경, 사건도 감각에 따라 다르게 인식되는 지점이 분명히 있습니다. 제가 젊은 시인들의 시를 어렵게 여기는 건 바로 그 지점에서 비롯하는 게 아닐까 싶습니다. 그 간격을 극복하는 건 무척 어려운 일입니다. 그래서 저는 시를 온전히 이해하기 힘들 경우 왜 이런 시를 쓰고 있는지, 쓸 수밖에 없는지 그 배경을 짐작해 보는 쪽으로 방향을 돌리곤 합니다. 거기서 어렴풋하나마 이해의 실마리를 찾아가곤 하지요.

독자의 권한 누리기

모든 일이 그렇듯 단계를 밟아야 합니다. 쉬운 시부터 시작해서 조금씩 어려운 시로 읽기의 폭을 넓히는 거죠. 축지법이나 공중 부양 같은 기술을 발휘해서 훌쩍 단계를 뛰어넘을 수는 없습니다. 단계를 높일 때마다 힘겨움이 찾아들 텐데요. 그럴 때 시 해설서나 비평서 같은 책을 통해 도움을 받을 수는 있습니다. 그러면 내가 미처 생각지 못했던 해석의 지점이나 분석 방식을 전해 받을 수 있고, 한결 수월하게 시를 이해할 수 있습니다. 그렇지만 그런 책에 너무 의존할 필요는 없습니다. 때로는 해설이 더 어려워서 난감할 때도 있으니까요. 그러니 다른 방법이 없습니다. 같은 시를 반복해서 열심히 읽는 겁니다. '독서백편의자현讀書百遍義自見'이라는 말이 있습니다. 선인들이 글 공부할 때 하던 방법인데요. 같은 글을 백 번쯤 읽으면 저절로 뜻을 깨우칠 수 있다는 뜻입니다. 이해하기 어려운 시에도 그 방법을 적용해 볼 수 있지 않을까요?

말은 이렇게 했지만 너무 어려운 시는 굳이 읽지 않아도 됩니다. 어려운 시 아니라도 읽어야 할 시는 무궁합니다. 자신이 좋아하는 시인의 시나 이해하기 쉬운 시들을 읽다 보면 저절로 다른 시인의 시와 다른 성격의 시를 읽고 싶어집니다. 그렇게 조금씩 시 감상의 폭을 넓히면 됩니다. 그러는 동안 어렵다고 여겼던 시를 이해하는 수준도 높아지기 마련이고요. 시를 읽는다는 건 즐기기 위한 것이 첫 번째 목적이어야 합니다. 내가 수준 높은 시도 읽을 수 있다는 걸 자랑하기 위해서가 아닙니다. 비평가나 연구자가 될 게 아니라면 독자의 권한을 마음껏 누리세요. 선택할 권리, 해석하고 평가할 권리, 심지어 내다 버릴 권리까지 말입니다. 편안한 마음으로 시를 만나면서 좋은 시와 시인을 발견하는 기쁨을 누리시기 바랍니다.

4 공감하는 시 읽기

공감을 위해 필요한 자세

내 앞에 앉은 이가 내게 어떤 말을 할 때 모른 척 딴청을 부리고 있으면 불쾌하게 여길 게 뻔합니다. 그런 상황을 피하려면 잘 들어 주는 게 필요하고, 그러기 위해서는 집중해서 듣는 자세가 필요합니다. 그걸 존중의 태도라고 말할 수 있을 겁니다. 책을 읽을 때도 마찬가지겠지요. 내용을 온전히 파악하기 위해서는 집중해서 잘 읽어야 합니다. 시를 읽을 때는 더욱 그러해야 할 테고요. 시는 비유와 상징을 많이 쓰고, 생략한 내용도 많기 때문입니다. 그런데 이것보다 더 중요한 게 있다고 말하는 시인이 있는데요. 김사인 시인은 시를 읽을 때 겸허한 자세와 공경하는 마음이 필수라고 했습니다.《시를 어루만지다》시인이 시를 쓸 때는 시어 하나에도 심혈을 기울이며 나름대로 절실한 마음을 담아내려고 애썼기 때문이라는데요. 그런 정성에 값하려면 독자들이 겸허한 자세로 자신의 눈과 귀를 열어 두어야 한다는군요. 시라는 게 결국 자신의 마음밭을 갈기 위해 읽는 것이라고 할 때 공경심이야말로 시에게 다가가는 첫걸음이 될 수도 있겠습니다.

시는 글자로 이루어져 있습니다. 글자들의 덩어리라고 하겠는데요. 단순히 덩어리라고 표현했지만 거기에는 글자라는 기호가 나타내는 뜻이 담겨 있습니다. 아무런 뜻이 없다면 들여다보고 있을 이유가 없지요. 그런데 단순히 뜻만 전달하려 든다면 굳이 시라는 형식을 빌려 올 필요가 없을 겁니다. 뜻과 뜻 사이에 시인의 한숨이나 눈물이 스며들어 있을 수도 있고, 찬탄이나 경이, 혹은 분노가 담겨 있을 수도 있습니다. 흔히 행간을 살펴 가며 읽어야 한다는 말을 하는데, 다른 글도 마찬가지지만 시를 읽을 때는 더욱 그렇습니다. 글자로 쓴 내용 그 너머를 보는 것,

공감은 그러한 지점에서 출발합니다. 이때 '그 너머'라는 것은 시를 쓴 시인의 마음이나 감정이겠지요.

시를 읽고 공감할 수 있는 건 시를 잘 알고, 준비된 이들 만 가능할까요? 그렇지 않다는 걸 보여 주는 예는 상당히 많습니다. 노숙인들을 위한 인문학 교실을 한때 여러 곳 에서 진행했는데요. 인문학 공부에 더해 시를 읽고 공부 하는 모임도 많았습니다. 노숙인뿐만 아니라 시인들이 병 영을 찾아가 병사들과 시를 읽고, 교도소 안에서 죄수들 과 함께 시를 이야기하는 행사도 있습니다. 그런 프로젝 트들은 지금도 여기저기서 이어지고 있고요. 노숙인이나 죄수들에게 시를 읽힌다는 게 언뜻 무모해 보일 수도 있 겠는데요. 실제로 참여한 작가들의 경험담을 들어 보면 의외라고 할 만큼 반응이 좋다는 얘기들을 합니다.

시인의 마음에 내 마음 겹쳐 보기

사례 하나를 소개할까 합니다. 책을 읽다 시인이자 대학 에서 문학을 가르치는 김응교 씨가 노숙인과 함께했던 시 수업 사례를 만났습니다.《곁으로》김응교 시인은 서울 지역 노숙인을 위한 민들레 문학 교실에 강사로 참여했답니다. 하루는 강의장에 갔더니 달랑 한 명만 앉아 있었다고 하는데요. 실은 김응교 시인이 시간을 잘못 알고 한 시간 일찍 간 겁니다. 한 시간 동안 미리 와 있던 분과 복사해 간 시를 읽으며 이야기를 나눴다는군요. 그런데 놀랍게도 그분이 노숙 생활을 하는 동안 혼자서 줄곧 시를 쓰고 있었답니다. 도서관에 다니면서 닥치는 대로 시집을 읽었고요. 그 자리에서 노트북을 넘겨주며 시를 써 보라고 하자 금방 놀라운 시가 나왔다는군요. 자신은 시를 잘 쓰는지 못 쓰는지 판단을 못 하겠다고 했지만 김응교 시인이 보기에 당장 어디 등단이라도 시켜 주고 싶은 마음이 들 정도였답니다. 그분이 노숙자를 대표하거나 평균적인 인물이라고는 할 수 없지만 노숙인에 대한 편견을 깨는 데는 부족함이 없겠지요?

나중에 다른 수강생들과 본격적으로 시 수업을 했는데, 김응교 시인이 그날의 텍스트로 제시한 건 백석 시인의 시였습니다.

가무래기의 낙樂
가무락조개 난 뒷간거리에

빚을 얻으려 나는 왔다
빚이 안 되어 가는 탓에
가무래기도 나도 모두 춥다
추운 거리의 그도 추운 능당 쪽을 걸어가며
내 마음은 웃즐댄다 그 무슨 기쁨에 웃즐댄다
이 추운 세상의 한구석에
맑고 가난한 친구가 하나 있어서
내가 이렇게 추운 거리를 지나온 걸
얼마나 기뻐하며 락단하고
그즈런히 손깍지베개 하고 누어서
이 못된 놈의 세상을 크게 크게 욕할 것이다

백석의 시 중에서 널리 알려진 작품은 아닌데요. 독자 여러분은 읽고 어떤 느낌이 들었나요? 쉬운 듯 쉽지 않은 구절들이 있어 두세 번은 읽어야 할 겁니다. 시인도 수강생들에게 한 줄씩 읽게 하고 그런 다음 전체를 읽게 했다는군요. 시에 나오는 가무래기는 모시조개에 해당하는 조개 이름이랍니다. 백석이 궁핍하던 시절에 빚을 얻으러 갔다가 실패하고 돌아오는 길에 거리에서 마주친 가무래기를 보고 자신의 심정을 빗대어 쓴 시입니다.

김응교 시인이 적절한 질문을 던지며 시를 이해할 수 있도록 이끌긴 했지만 수강생인 노숙인이 대뜸 동병상련을 느낀다는 말을 했고, 다른 노숙인은 왠지 위로받는 느낌이 전해졌다고 하더랍니다. 다들 빚을 얻으러 돌아다녀 본 경험이 있기 때문일 겁니다. "맑고 가난한 친구", 가무래기가 자기 대신 "이 못된 놈의 세상을 크게 크게 욕할 것"이라는 마지막 대목에서 통쾌함을 느꼈을 수도 있고요.

이 정도면 충분히 시에 공감했다고 말할 수 있겠지요? 시인이 비록 돈을 빌리는 데는 실패했지만 그래도 낙담하지 않고 가무래기에게 위안을 얻으며 기뻐하는 모습에 자기 자신을 비춰 보기도 했을 겁니다. 시를 읽고 공감한다는 건 시인의 마음에 내 마음을 겹쳐 보는 일입니다. 시를 읽으며 시인이 발견한 걸 재발견하고, 시인이 체험한 걸 자신의 체험처럼 느끼는 동안 시인과 나의 거리가 줄어들면서 일체감을 느낄 수 있다면 시 읽기는 그것으로 충분합니다. 지나친 분석은 오히려 시의 맛을 줄일 때도 있으니까요.

이번에는 정지용 시인의 시 한 편을 보겠습니다.

유리창 1
유리에 차고 슬픈 것이 어른거린다.
열없이 붙어서서 입김을 흐리우니
길들은 양 언 날개를 파닥거린다.
지우고 보고 지우고 보아도
새까만 밤이 밀려나가고 밀려와 부딪치고,
물먹은 별이, 반짝, 보석처럼 박힌다.
밤에 홀로 유리를 닦는 것은
외로운 황홀한 심사이어니,
고운 폐혈관肺血管이 찢어진 채로
아아, 늬는 산새처럼 날아갔구나!

감각적인 표현이 돋보이는 시입니다. 어린 자식을 잃은 비
극이 압도적으로 다가오는 가운데, "외로운 황홀한 심사"
라는 언뜻 형용모순으로 보이는 표현이 비극을 아름답게
감싸고 있기도 합니다. 이때의 아름다움이란 처연한 아름

다움일 텐데요. 미美에는 예쁘고 고운 것만 있는 게 아니라는 사실을 짚을 필요가 있습니다.

공감이라는 게 단순히 말뜻을 이해하고, 상대의 처지에 맞장구치며 동의하는 것만 뜻하지는 않습니다. 무엇보다 시는 감각적인 표현을 많이 사용하고, 거기서 번져 나오는 특별한 감각을 느낄 수 있어야 하니까요. 그랬을 때 '차고 슬픈 것'이 주는 서늘함을 생각하며 가만히 눈을 감아 볼 수도 있지 않을까요? 철학이 논리를 바탕으로 삶의 진실과 살아가는 태도를 깨우치게 하는 거라면 시는 정서를 건드려 감정을 재배치하는 방식으로 작동합니다. 사람에게는 온갖 감정이 있고, 살아오는 동안 그런 감정들을 무수히 경험하는데요. 감정은 일시적이어서 잠시 스쳐 지나가거나 기억의 울타리 너머에서 숨죽이고 있을 때가 많습니다. 시는 내면 저 밑바닥에 가라앉아 있던 감정을 불러 깨워서 끌어올리는 역할을 합니다. 그래서 시를 읽을 때는 감각을 활성화할 필요가 있습니다. 오감을 열어 놓고 시가 전해 주는 감정의 스파크를 경험하는 것, 그게 공감력을 높여 주곤 합니다.

그렇게 감각을 열어 놓고 시를 읽다 다음과 같은 표현을 만나면 고개를 끄덕이게 될 겁니다.

온갖 방자의 말을 품고 왔다
눈포래를 뚫고 왔다
……

이윽고 얼음길이 밝으면
나는 눈포래 휘감아치는 벌판에 우줄우줄 나설 게다
노래도 없이 사라질 게다
자욱도 없이 사라질 게다

_이용악, 〈전라도 가시내〉 중에서

이용악은 북방의 정서를 잘 그려 낸 시인이라는 평가를
받습니다. 남쪽에 사는 우리로서는 경험하기 힘든 정서를
체화한 시인이지요. 이 시는 함경도 사내를 찾아 두만강
을 건너왔다는 '전라도 가시내'에게 전하는 말의 형식을
띠고 있습니다. 우선 '눈포래'라는 말이 눈에 띨 텐데요.
'눈보라' 대신 북쪽에서 많이 쓰는 낱말입니다. 남쪽의 눈
보라와 북쪽의 눈보라는 규모와 강도가 다를 겁니다. 그
래서 '눈보라'라는 말로는 실감을 나타내기 어려워 '눈포
래'라는 더 강렬한 어감을 주는 말을 끌어와서 썼겠지요.
'휘몰아치는' 대신 쓴 '휘감아치는' 역시 마찬가지일 테고
요. 직접 겪어 보지 못했지만 저런 낱말을 접촉하는 것만

으로도 독자는 눈포래 휘감아치는 북쪽 벌판에 서 있는 느낌을 받게 되지 않을까요? "그래 맞아. 북쪽의 추위와 눈발은 그렇게 장엄할 거야." 이런 생각을 하면서 눈포래 속으로 노래도 자욱도 없이 사라져 간 한 사내를 떠올려 보는 독자들이 있을 겁니다. 그렇게 사라져 간, 사라질 수밖에 없는 사내의 처지와 심리까지 짚어 볼 수 있다면 더 바람직하겠고요. 제대로 공감하려면 가능한 깊숙이 들어가야 합니다. 말뜻 주변만 맴돌아서는 가능하지 않고, 시인의 마음과 그가 체득해서 보여 주는 감각까지 아우를 수 있어야 합니다.

공감과 비판 사이의 거리

공감은 함께 어울려 살아야만 하는 인간이 반드시 갖추어야 할 매우 중요한 덕목입니다. 그렇지만 공감을 아무 때나 발휘해야 하는 건 아닙니다. 무엇에 공감하느냐 하는 문제가 중요하기 때문인데요. 친일시에 공감할 수는 없는 일이고, 혐오와 차별에 기반한 글을 아무렇지 않게 받아들여서도 안 됩니다.

'아재문학'이라는 말을 쓰는 이들이 있습니다. '아재개그'에서 파생한 말일 텐데요. 사물이나 풍경을 묘사할 때 별 개연성도 없이 여성의 신체를 끌어들여 표현하는 글을 가리키는 말입니다. 가령 "성숙한 여인의 젖가슴처럼 불룩 솟아 있는 산봉우리들"처럼 표현하는 식이죠. 문학작품 속에 이와 비슷한 묘사들이 꽤 있는 것이 사실이고, 그런 표현들은 여성을 성적 대상으로만 취급하는 시각이라며 반발하는 움직임이 일었습니다. 남성 작가들의 상상력 수준이 왜 그것밖에 안 되느냐며, 시대에 뒤떨어진 낡은 감수성에 의존하지 말라는 질타가 이어졌습니다. 몇 년 전에 소설가 이외수 씨의 글에 대해 여성들이 항의한 사실이 신문에 보도되기도 했습니다. 이외수 씨의 글은 "단풍, 저년이 아무리 예쁘게 단장을 하고 치맛자락을 살랑거리며 화냥기를 드러내 보여도 절대로 거들떠보지 말아라."로 시작하고 있는데요. 단풍을 '저년'으로 비유하는 방식이 저급하며, 자신을 버린 여자를 화냥년으로 인식하는 남성들의 왜곡된 시각을 떠올리게 한다는 내용이었습니다. 시에 비속어는 물론 심지어 욕설을 쓸 수도 있습니다. 다만 그런 표현이 들어가야만 할 필연성이나 개연성을 갖추고 있어야 하는데, 이외수 씨의 글에서는 그런 게 보이지 않는다고 해서 문제가 되었던 거지요. 결국 이외수 씨가 사과하긴 했지만 남성 작가들의 무의식이 성숙한 젠더 의식을 따라가지 못하고 있다는 사실을 보여 주는 사건이었습니다.

공감할 수 없는 것까지 공감하라고 할 수는 없습니다. 문학작품이라고 해서 모든 표현을 용납할 수는 없을 테고요. 성적 대상화를 드러내는 표현이냐 아니냐의 경계가 모호할 때도 있지만, 작가들이 자신의 창작 습관을 돌아보는 계기로 삼을 필요는 있습니다. 공감은 비판과 쌍을 이루어야 합니다. 독자들이 단순한 소비자로 머물지 말고 적극적인 참여자로 나서야 합니다. 공감할 건 공감하고 비판할 건 비판할 때 독자가 창작을 이끄는 주체가 될 수도 있습니다. 물론 그렇다고 해서 시인이나 소설가들이 독자들의 감성에 영합하라는 얘기는 아닙니다. 작가는 독자를 배반할 수 있어야 하고, 그 배반이 정당하거나 새로운 인식을 끌어내는 계기로 작용할 때 독자들은 그러한 배반에 충분히 공감할 수 있을 겁니다.

5 질문으로 이어지는 시 읽기

시 속에 숨은 질문 찾기

시를 많이 읽는 것보다 단 한 편을 읽더라도 어떻게 읽고 내 것으로 만드느냐 하는 점이 더 중요합니다. 시는 정답이나 해답을 주지 않는다고 했는데요. 우리가 시를 통해 얻을 수 있는 건 해답이 아니라 질문입니다. 시는 세상이 이런 모양으로 생겼는데 너는 어떻게 생각하느냐고 묻는 질문지라고 할 수 있습니다. 답은 독자가 찾아가야 합니다. 사람들은 대개 질문 대신 해답을 원합니다. 그런데도 시를 읽는 건 왜일까요? 그건 삶이 질문에서 시작하기 때문입니다. 시가 던지는 질문은 아무렇게나 던지는 질문이 아니라 시인이 고심해서 만든 질문입니다. 그런 질문을 마주치면 어떤 해답을 만들어야 할지 고심하게 되겠지요. 그리고 질문이란 이런 식으로 하는 거구나, 내가 미처 생각지 못했던 질문이 여기 숨어 있구나 하는 깨달음을 얻을 수 있습니다.

좋은 시일수록 좋은 질문을 담고 있습니다. 물론 질문이라고 해서 우리가 시험지에서 보는 것 같은 형태를 가지고 있지는 않습니다. 하지만 자세히 들여다보면 행간 속에 혹은 그 너머에 질문이 숨겨져 있음을 알아챌 수 있습니다. 자연의 아름다움을 찬양하는 것처럼 보이는 시도, 위대한 자연과 인간 세상을 비교하면서 자연 앞에서 인간이 어떤 자세를 가져야 하는지 묻는 것일 수 있습니다. 단순히 경탄하는 것으로만 끝낸다면 제대로 시를 읽었다고 할 수 없을지 모릅니다.

시가 담고 있는 질문의 형태와 내용은 다양하지만 그걸 다 모으면 결국은 '어떻게 살 것인가?'라는 커다란 질문으로 수렴됩니다. 해답을 찾기 쉽지 않은 주제고, 생각할수록 골치 아픈 일이 아닐 수 없습니다. 그래서 그런 색채가 비교적 덜한 가벼운 시를 읽는 독자들도 많습니다. 때로는 질문이 아니라 해답을 주는 것처럼 보이는 시들도 있습니다. 그런 시를 읽으며 마음의 평안을 얻기도 하지요.

삶이 그대를 속일지라도
슬퍼하거나 노여워하지 말라.
슬픔의 날을 참고 견디면
즐거운 날이 오리니.

마음은 앞날에 살고
지금은 언제나 슬픈 것이니
모든 것은 덧없이 사라지고
지나간 것은 또 그리워지나니

러시아 시인 푸시킨이 쓴 시로, '인생' 혹은 '삶이 그대를 속일지라도'라는 제목으로 우리에게 매우 친숙한 작품입니다. 정작 러시아에서는 그리 유명한 작품이 아니라는데 어떻게 해서 우리나라 독자들에게 사랑을 받게 됐을까요? 러시아어에 능통했던 백석 시인이 번역해서 널리 알려지게 됐다고 하는데, 그런 건 아무려나 상관이 없겠습니다.

시인은 "슬픔의 날을 참고 견디면/ 즐거운 날이" 올 거라고 말하고 있습니다. 인생은 참고 견디는 것이라는 해답을 제시하는 것처럼 보입니다. 그래, 너무 애면글면할 필요 없어. 마음의 여유를 갖고 살면 돼. 언젠가는 좋은 날이 찾아올 거야. 평소에 많이 듣던 얘기죠? 그런데 그렇게 믿으며 사는 게 결코 쉬운 일은 아닙니다. 누구나 알고 있지만 그대로 실천하기 어려운 일이 세상에는 얼마나 많은지요. 시를 읽는 동안 잠시 위안을 받을 수는 있겠지만 현실로 돌아오면 골치 아픈 일들이 줄줄이 기다리고 있습니다. 그래서 저 시는 "너는 그렇게 살 자신이 있니?" 하고 묻는 것일 수 있습니다. 그런 질문으로 받아 안아야 합니다. 시인이 저런 시를 쓴 건 그렇게 살지 못하는 이들이 많기 때문입니다. 누구나 시에 나온 것처럼 편한 마음으로 살고 있다면 시인이 나서서 굳이 말을 얹을 필요가 없습니다. 독자들이 삶을 대하는 자세에 대해 생각하고 고민해 보라는 겁니다.

거기서 나아가 독자들은 다른 질문들을 만들어 던질 수도 있겠습니다. 삶이 왜 사람들을 속이는지, 어떤 방식으로 슬픔을 견디거나 이겨야 하는지, 끝내 기쁨의 날이 오지 않으면 어떻게 할 것인지, 같은 식으로요. 답을 찾아가는 건 역시 독자의 몫입니다. 시인이 던져 주는 말에 고개만 끄덕이고 지나가면 남는 것이 없습니다. 아무리 쉬운 시라도 그렇습니다. 그 속을 들여다보고 질문을 찾아내는 과정이 따라야 합니다.

이옥봉이 던진 질문

이번에는 사랑하는 임에 대한 그리움을 노래한 시 한 편을 볼까요?

近來安否問如何 근래안부문여하
月到紗窓妾恨多 월도사창첩한다
若使夢魂行有跡 약사몽혼행유적
門前石路半成沙 문전석로반성사

요즈음 우리 임 어찌 지내는지 묻자니
달빛 드는 창가에서 나의 한이 많구나.
만약 꿈속의 넋이 가고 오는 자취를 남긴다면

대문 앞 돌길이 반은 가루져 모래가 되었으리.

조선 중기에 살았던 이옥봉이라는 여성 시인이 쓴 〈몽혼 夢魂〉이라는 작품입니다. 이 시를 온전히 이해하기 위해서는 이옥봉의 삶에 대해 짧게라도 알아야 합니다. 이옥봉은 당시 옥천군수를 지낸 이봉의 서녀였습니다. 어려서부터 총명하고 시도 잘 지었으나 신분의 제약 때문에 양반가의 정실로 들어갈 수 없었고, 결국 당대의 인재로 소문난 조원의 첩실로 들어가게 됩니다. 조원은 이옥봉의 재주를 사랑하고 아껴 주었으며 서로 사이가 좋았습니다. 그런데 하필이면 그런 재주가 빌미가 되어 버림받는 신세가 되었으니 인생이란 게 참 얄궂다고 하겠습니다. 위 시는 이옥봉이 조원의 집에서 쫓겨난 다음 조원을 그리워하는 마음을 표현하고 있습니다. 조원의 집으로 향하는 마음이 얼마나 사무쳤으면 밤마다 넋이 오가는 돌길이 발걸음에 닳고 닳아 모래가 되었을 거라는 상상까지 했을까요? 이 시를 처음 봤을 때 과연 절창이라는 생각을 했던 게 기억납니다.

이 시는 우선 자신을 버린 조원에게 묻고 있습니다. 이런 내 마음을 알고 있느냐고. 당신은 정말로 나를 잊은 거야고. 영영 다시 찾지 않을 거냐고. 이옥봉은 답을 들었을까요? 불행하게도 이옥봉은 죽을 때까지 다시는 조원의 집으로 돌아가지 못했습니다. 독자들에게는 어떤 질문을 던지고 있을까요? 사랑과 그리움이 어떤 건지 당신은 알고 있습니까? 이토록 사무치는 내 마음을 독자 여러분은 헤아릴 수 있습니까? 당신도 나처럼 지독한 그리움에 몸부림친 적이 있습니까? 이런 그리움을 무엇으로 달랠 수 있을까요? 아마도 이런 질문들이 담겨 있는 게 아닐까 싶습니다. 조원은 답을 전해 오지 않았고, 독자의 답을 들을 수도 없었습니다. 답을 듣자고 쓴 시도 아닐 겁니다. 하지만 이렇게라도 풀어내지 않으면 상실감을 견딜 수 없었겠지요. 수백 년이 흐른 지금 이옥봉의 질문이 현대의 독자들 앞에 당도해 있을 뿐입니다.

이옥봉이 조원에게 내침을 당한 이유는 시 때문입니다. 파주에 조원 집안의 묘가 있었는데, 어느 날 그곳에서 묘를 관리하는 산지기의 아내가 조원의 집을 찾아왔습니다. 마침 조원은 집에 없었고 이옥봉이 아낙을 맞이했더니 자신의 남편이 소도둑으로 몰려 관가로 끌려갔다며 도움을 청했습니다. 정황을 보아하니 아낙의 남편이 억울한 누명을 쓴 게 분명해 보였는데요. 그렇다 할지라도 관청의 법 집행에 여자가 나서서 이래라저래라 참견하기 어려운 일이었습니다. 하지만 눈물을 쏟으며 간곡하게 부탁하는 아낙의 처지를 외면할 수 없어 탄원서 대신 시 한 편을 써서 관가에 가져다주도록 했습니다.

洗面盆爲鏡 세면분위경
梳頭水作油 소두수작유
妾身非織女 첩신비직녀
郞豈是牽牛 낭기시견우

세수할 때 대야를 거울 삼고
머리 빗을 때 물을 기름 삼습니다.
첩이 직녀가 아닐진대
낭군이 어찌 견우가 되오리까.

견우는 다 알다시피 하늘나라에 사는 목동의 이름입니다. 목동도 아닌데 왜 소를 끌고 갔겠느냐는 뜻을 담고 있습니다. 시의 특징 가운데 하나인 '돌려 말하기'의 기법을 써서 아낙의 남편에게 죄가 없음을 간접적으로 항변하는 내용인 거죠. 이 시 덕분에 아낙의 남편은 무사히 풀

려났습니다. 그런데 정작 큰 문제는 조원이 이 일을 알고 난 다음에 불거졌습니다. 조원이 보기에 이옥봉의 행위는 고위직인 남편의 권세를 뒤에 업은 청탁 행위였던 겁니다. 당시는 당파 싸움이 일상적이어서 혹시라도 이 일로 인해 상대편이 권력 남용으로 자신을 걸고 나올 수도 있겠다고 판단했을 법도 합니다. 조원은 불같이 화를 내며 그 자리에서 이옥봉을 내쳤습니다. 지나친 처사였으나 정실도 아닌 첩의 처지에서 거부할 방법이 없었지요.

이 시에 담긴 질문은 명확합니다. 아낙의 남편이 소도둑이 아니라는 사실을 알고 있느냐, 억울한 사람을 잡아가도 되느냐 하는 거죠. 지방 목민관의 역할을 묻고 있습니다. 다행히 이 질문에 대한 답은 들을 수 있었으나 대신 자신이 비극의 당사자가 되고 말았습니다. 시 한 편을 쓴 대가치고는 너무 큰 불행을 떠안아야 했는데요. 이옥봉의 죄라면 타인의 불행을 외면하지 못하는 시인의 마음을 지니고 있다는 거였습니다.

윤동주가 던진 질문

시인은 본래 시대와 불화할 수밖에 없는 존재라는 말을 많이 합니다. 진실을 추구하다 보면 그 과정에서 기존의 관습이나 체제와 부딪칠 수밖에 없기 때문인데요. 그로 인해 고초를 겪은 시인들의 예를 들자면 무척 많습니다. 이옥봉의 경우도 조선 사회라는 봉건 체제의 희생자라고 할 수 있습니다. 불행한 시인의 운명을 잘 보여 주는 게 윤동주가 아닐까 합니다. 우리나라 사람들이 가장 즐겨 읽는 윤동주의 시들은 질문으로 가득 차 있습니다. 식민지라는 시대 상황이 청년 시인에게 가한 억압이 없었다면 지금 우리가 읽고 있는 윤동주의 시들은 탄생하지 않았을 겁니다.

참회록
파란 녹이 낀 구리 거울 속에
내 얼굴이 남아 있는 것은
어느 왕조의 유물이기에
이다지도 욕될까.

나는 나의 참회의 글을 한 줄에 줄이자.
- 만 이십사 년 일 개월을
무슨 기쁨을 바라 살아왔던가.

내일이나 모레나 그 어느 즐거운 날에
나는 또 한 줄의 참회록을 써야 한다.
- 그때 그 젊은 나이에
왜 그런 부끄런 고백을 했던가.

밤이면 밤마다 나의 거울을
손바닥으로 발바닥으로 닦아 보자.

그러면 어느 운석 밑으로 홀로 걸어가는
슬픈 사람의 뒷모양이
거울 속에 나타나 온다.

이 시에서 알 수 있는 것처럼 시인은 식민지라는 상황이 강요하는 치욕을 감내하며 살아가는 게 과연 온당한가에 대한 질문을 던지고 있습니다. 이런 질문은 다른 시에서도 형태를 달리한 채로 반복되고 있습니다. 나라를 빼앗긴 상황에서 "시가 이렇게 쉽게 씌어지는 것은"(쉽게 씌어진 시) 과연 합당한 일인가, "어디에 내 한 몸 둘 하늘이 있어/ 나를 부르는 것"인가(무서운 시간), "어제도 가고 오늘도 갈/ 나의 길 새로운 길"(새로운 길)이 가 닿아야 할 곳은 어디인가와 같은 질문이 시 한 편 한 편에 배어 있습니다. 그런 질문들을 던지며 고뇌하던 시인은 결국 후쿠오카의 형무소에서 외마디 비명을 지르며 숨을 거두고 말았지요. 정말로 참회록을 써야 할 사람들은 누구인지에 대한 질문을 우리에게 남긴 채로요.

내가 만들어 가야 할 질문

윤동주의 시들을 읽고 있으면 슬프고, 미안하고, 안타깝고, 화가 나기도 합니다. 그러면서 나라면 윤동주처럼 순결한 삶을 살 수 있었을까, 하고 자문하게 됩니다. 윤동주가 던진 질문이 고스란히 독자에게 전이되는 건 아무렇게나 만들어서 던진 질문이 아니기 때문입니다. 윤동주의 질문은 일차적으로 자신의 내면을 향하고 있지만, 시를 읽는 독자와 나아가 불의한 시대를 향한 것이기도 합니다. 그러면서 우리는 자신에게 그리고 세상에게 어떤 질문을 던지며 살아야 할지 고민하게 됩니다.

시를 읽으면 여운이 남는다고 하는데요. 이때의 여운은 시가 질문을 담고 있기 때문이기도 합니다. 여운은 단순히 감정의 울림만을 뜻하지는 않습니다. 감정의 여운과 더불어 내 생각을 흔들어 깨우는 여운이 어울릴 수 있도록 해야겠지요. 시가 해답만을 준다면 읽는 순간 모든 게 해결되는 셈인데, 그렇다면 그 뒤에 따로 생각에 잠길 이유가 없습니다. 시를 음미한다는 말도 마찬가지 아닐까요? 시를 읽는다는 건 시인을 읽는 것이기도 하지만 동시에 시라는 거울에 비친 나를 읽는 일이기도 합니다. 시인이 독백처럼 뱉은 말이라 할지라도 내가 되씹으며, 즉 음미해 가며 내가 새롭게 만들어 가야 할 질문을 생각하는 것, 그게 시를 읽을 때 필요한 중요한 지점입니다.

6 은유의 힘 발견하기

은유란 무엇인가?

인간의 이해 능력은 놀랍기도 하지만 한계가 있다는 것
또한 분명한 사실입니다. 그건 사랑이나 우정, 인생 같은
추상적 개념에 대한 것뿐만 아니라 물리적 현상에 대해서
도 마찬가지입니다. 우주의 신비에 대해 인간은 아직 많
은 것을 알지 못합니다. 3차원을 넘어선 다차원의 세계에
대해서는 말할 것도 없겠고요. 과학의 발달로 우주 세계
에 대해 우리가 모르던 것들을 더 많이 알게 됩니다. 하지

만 그렇게 해서 알게 된 사실의 항목을 아무리 늘려 가도 이해라는 차원으로 들어가면 여전히 오리무중에 빠지곤 합니다. 그래서 '신의 섭리' 같은 말이 나오기도 하는 거겠지요. 이해할 수 없는 게 있다는 걸 이해하는 것, 그것만이 인간이 지닌 이해의 최고점일지도 모릅니다.

앎과 이해는 다른 영역입니다. 앎은 지식과 통하는 말이고, 이해는 해석과 통하는 말일 텐데요. 당연히 해석에는 오류가 있을 수 있습니다. 같은 일을 놓고 동시에 여러 해석을 할 수도 있고요. 어떤 해석이 맞느냐 하는 게 논란이 될 수는 있는데, 그건 대체로 얼마나 많은 사람이 특정 해석을 받아들이느냐에 따라 결정되곤 합니다. 과학적 지식은 실험이나 논증으로 증명해서 타당성 여부를 가립니다. 훗날 다른 실험이나 논증으로 반박해서 수정되기도 하지만요. 해석은 타당성 여부를 가리는 게 참 어렵습니다. 해석은 증명의 차원에서 진행되는 게 아니고 타자의 수용 여부에 달려 있기 때문입니다. 그래서 해석은 이것도 옳을 수 있고 저것도 옳을 수 있습니다. 사랑에 대한 정의, 우정에 대한 정의가 수없이 많은 이유입니다. 그러니 유일한 이해라는 건 있을 수 없고, 완전한 이해라는 개념이 들어설 수도 없습니다. 이해할 수 있을 만큼만 이해하고, 그 너머 이해할 수 없는 영역은 미지의 영토로 남겨 둘 도리밖에 없습니다.

시인은 어쩌면 이 미지의 영토에 도전하는 사람일지도 모르겠습니다. 이해할 수 없다는 건 우리가 지닌 언어로 표현할 수 없다는 말과 통하기도 합니다. 표현할 수 없는 것을 표현하려는 욕망을 품고 시는 최대한 그 근처까지 가 보려고 합니다. 이를 위해 발명한 게 은유라는 기술입니다. 시의 특성을 이루는 요소 중에서 가장 중요하고 강력한 힘을 발휘하는 게 바로 은유metaphor인데요. 아예 은유가 시의 처음이자 끝이라고 말하는 사람도 있을 정도입니다. 은유는 흔히 수사법의 하나로 규정해서 "A는 B다"처럼 표현하는 걸 가리키곤 합니다. 하지만 이런 방식은 너무 협소한 차원의 이해입니다. 원관념 A가 숨어 있는 경우도 많거니와, 단순히 기법의 차원으로만 접근해서는 은유가 지닌 힘을 제대로 나타낼 수 없습니다.

은유를 가리키는 'metaphor'는 '넘어서', '~을 넘어'를 뜻하는 'meta'와 '가져가다', '나르다'를 뜻하는 'pherein'이 합쳐진 말입니다. 여기에 있는 이것을 옮겨서 저쪽으로 가져가는 걸 말한다고 할 수 있는데요. 이때 한 걸음씩 천천히 걸어서 옮기면 안 되고, 훌쩍 뛰어넘어서 순간 이동을 시킬 수 있어야 합니다. 그러므로 은유는 비약에 가깝습니다. 가까운 곳으로 살짝 넘기면 별 감동이 없고, 훌쩍 던져서 먼 곳으로 옮길수록 놀라운 탄성이 찾아옵니다. 여기서 주의할 건, 대체 어디로 옮긴 건지 독자들이 알 수 없을 정도로 지나치게 아득한 곳으로 끌고 가면 탄성 대신 어리둥절함만 남을 테니 거리를 조정할 필요가 있습니다. 아예 거리 조정을 염두에 두지 않는 경우도 있는데, 고승들의 선시禪詩가 그렇습니다. 가장 고차원의 은유를 사용한다고 할 수 있는 선시는 언어가 지닌 한계를 인정하라는 압박처럼 다가옵니다. 이해할 수 없는 게 있다는 걸 인정하고, 언어를 통해 의미를 헤아리려는 노력을 포기하라고 요구합니다. 우리가 쓰는 언어는 기본적으로 불완전합니다. 인간 자체가 불완전한 존재이므로 그런 존재가 만든 언어 역시 완전할 수 없는 노릇이지요. 그렇게 불완전한 도구를 가지고 궁극의 도를 찾으려 하지 말라는 건데요. 그래서 선시는 우리가 이야기하는 시의 차원을 벗어나는 경우가 많습니다. 선시를 시문학사에서 거의 거론하지 않는 이유이기도 하지요. 시는 도道와 같은 관념의 세계가 아니라 현실에 기반한 삶과 밀착되어야 하기 때문입니다.

은유의 배를 타고 낯선 세계로 여행하기

당신이 보고 있는 저 꽃이 정말 장미가 맞습니까? 장미가
아닌 다른 무엇일 수는 없는 걸까요? 은유는 바로 이런
지점에서 출발합니다. 그러다 보면 장미는 풍선이 될 수
도 있고, 머나먼 나라에서 보내온 편지가 될 수도 있습니
다. 여기서 저기로 옮겨 놓는다고 할 때 이쪽으로 옮길 수
도 있고 저쪽으로 옮길 수도 있습니다. 옮기는 주체는 당
연히 시인이고, 옮기는 곳을 정하는 것도 시인입니다.

영변寧邊에 약산藥山
진달래꽃
아름 따다 가실 길에 뿌리우리다.

김소월의 대표작 〈진달래꽃〉의 한 대목입니다. 여기서 진
달래꽃은 이별의 정한情恨을 대리하는 매개체 혹은 이별
의 슬픔과 그것을 극복하려는 의지를 드러낸 것이라고
말하곤 합니다. 김소월이 진달래꽃을 이별의 공간 쪽으
로 가져다 놓았다면 전혀 다른 곳으로 가져간 이도 있습
니다. 시조 시인인 이영도는 〈진달래-다시 4.19날에〉에서

진달래를 "그날 스러져간 젊음 같은 꽃사태"라고 하면서 4.19혁명 때 희생당한 젊은이들의 죽음 쪽으로 데려갔습니다. 이별과 죽음의 거리가 멀다면 멀고 가깝다면 가까울 수 있겠으나 서로 다른 지점인 것만은 분명합니다. 그런가 하면 또 다른 쪽으로 데려간 시인도 있습니다. 함경도를 고향으로 둔 김규동 시인은 평생 고향과 그곳에 계신 어머니를 그리는 노래를 읊다 돌아가셨는데요. 김규동 시인이 쓴 〈육체로 들어간 진달래〉라는 시가 있습니다. 이 시에서 시인은 어릴 적 고향에서 농부의 딸 순이와 함께 진달래꽃을 따 먹던 일을 추억하고 있습니다. 남과 북으로 갈라져 만날 수 없는 순이를 생각하는 동안 "둘의 심장으로 들어간 진달래꽃"은 여전히 "고동치며 돌고 있"다고 했습니다. 시인의 심장 속에서 "사시사철 피고 있"는 진달래꽃은 영원히 꺼지지 않는 연정戀情의 불꽃이라 할 수 있겠는데요. 이렇듯 같은 대상이라도 시인에 따라 얼마든지 다른 은유를 쓸 수 있고, 지금 이 순간에도 많은 시인이 우리가 생각지 못한 낯선 지점으로 진달래를 데려갈 준비를 하고 있을 겁니다.

이러매 눈 감아 생각해 볼밖에
겨울은 강철로 된 무지갠가 보다.

이육사 시인의 시 〈절정〉 마지막 부분입니다. 여기서 시인
은 겨울을 무지개 쪽으로 끌고 갔군요. 그것도 그냥 무지
개가 아니라 "강철로 된 무지개"라고 했는데요. 그런 무지
개가 현실 세계에 존재하지 않는다는 걸 모를 사람은 없
습니다. 하지만 이 구절을 두고 되지도 않는 소리를 지껄
인다고 나무랄 사람은 없습니다. 혹시라도 그런 사람이 있
다면 시를 도통 모르는 무지한 사람이라는 핀잔을 받을
겁니다. 말이 안 되는 걸 말이 되게 하는 것, 그럼으로써
"아하!" 하는 감탄이 나오게 하는 것, 그게 시인의 특권이
자 은유의 특성입니다. 독창성과 독보성은 의외성이라는
토대 위에서 만들어집니다. 그래서 은유는 둘 사이의 유
사성을 바탕으로 하면서도 그 거리가 멀수록 참신하고,
그때 기존에 없던 새로운 의미를 창출해 냅니다.
독자는 시인이 내미는 손을 잡고 그가 이끄는 영토로 들
어서기만 하면 됩니다. 그렇게 들어선 영토에서 특별하고
낯선 이미지와 인식들을 만날수록 기쁨은 커집니다. 그러
므로 시를 읽는다는 건 시라는 텍스트를 푯대 삼아 낯선

세계로 떠나는 여행이자 모험입니다. 그곳에서 무엇이 기다리고 있을지 모릅니다. 준비물은 설레는 마음만 있으면 됩니다. 기대에 미치지 못하면 시집을 덮고 돌아서면 그만이고요. 다른 여행지들은 얼마든지 있으니까요.

은유를 제대로 사용하기

은유를 잘 쓰는 시인들을 일러 상상력이 풍부한 시인이라고 말할 수 있을 텐데요. 상상력을 기르는 데 시만 한 것이 없다는 말을 하는 이들이 많습니다. 앞으로 상상력과 창의력을 더욱 요구하는 시대가 올 거라고 하는데, 그렇다면 시가 그런 시대에 어울리는 인간을 만드는 데 훌륭한 역할을 할 수도 있지 않을까요? 일례로, 애플 창업주인 스티브 잡스를 들 수 있겠습니다. 스티브 잡스는 시를 무척 좋아했고, 자신에게 창의력이 있다면 그건 모두 시에서 배운 거라고 했답니다. 그러면서 직원들에게 시를 자주 읽으라는 말도 했다는군요. 시 속에는 수많은 은유가 담겨 있고, 그런 은유들을 접하는 동안 저절로 남들과 다른 창의적인 생각을 끌어내는 법을 체득할 수 있다는 겁니다. 은유는 시를 쓸 때만 필요한 게 아닙니다. 과학자가 새로운 가설을 세우는 데 도움을 받을 수도 있고, 개발자가 누구도 상상하지 못한 새로운 형태의 제품을 만들기 위한 영감을 얻을 때도 필요합니다.

은유를 바탕으로 한 상상력을 어떤 이는 몽상夢想이라고 표현하더군요. 몽상은 망상과 다릅니다. 망상은 현실 구현력을 염두에 두지 않지만 몽상은 언제든 현실화하고자 하는 열망을 품고 있습니다. 모든 꿈이 현실에서 이루어지는 건 아니지만 어떤 꿈은 현실이 되기도 하는 경우를 얼마든지 만날 수 있습니다. 원하는 바를 이루려면 먼저 머릿속으로 원하는 것의 형태를 그릴 수 있어야 합니다. 설계도 없이 건물을 지을 수는 없을 테니까요. 설계도가 허무맹랑하다고요? 그러면 어떻습니까? 이룰 수 없는 꿈이라도 아예 꿈조차 꾸지 않는 것보다는 낫지 않을까요? 그런 면에서 보면 시인들은 이상주의자의 면모를 지니고 있기도 한데요. 물론 시인 중에는 허무주의자나 비관주의자도 많습니다. 허무와 비관이 근거 없는 낙관보다 정직할 때도 있고요. 그렇지만 허무와 비관도 현실에서 출발한다는 사실을 염두에 둘 필요가 있습니다. 은유를 통해 삶에 대한 인식을 지옥 쪽으로 옮겨 놓는다고 해서 그 자체를 잘못됐거나 나쁘다고 할 수 없습니다. 그 또한 현실을 반영하는 것이니까요. 우리가 은유라고 할 때 결코 뜬구름 잡는 것 같은 표현이 아니라는 것, 그래서는 안 된다는 것을 잊지 말아야 합니다. 인식의 확장을 가져오지 않는 은유는 제대로 된 은유라고 할 수 없습니다.

잘못된 은유 경계하기

여기서 잠시 잘못된 은유에 대해 이야기해 볼까 하는데요. 미국의 작가이자 비평가인 수전 손택이 쓴 《은유로서의 질병》이라는 책이 있습니다. 질병은 질병 그 자체로만 보아야 하는데, 거기에 잘못된 은유를 덮어씌워 혐오나 차별을 조장한다는 게 주된 내용입니다. 그걸 은유의 함정이라고 하는데요. 예를 들면 이렇습니다. 결핵 환자의 핏기 없는 창백한 얼굴을 예술적 감수성의 징표로 끌고 가서 해석하는 이들이 있습니다. 그러면서 결핵이라는 질병 덕(?)에 위대한 작품을 창조한 예술가들의 사례를 들어 그런 논리를 정당화한다는 겁니다. 우리나라에서도 의료 기술과 치료 체계가 빈약했던 식민지 시기에 그런 예술가들이 많았죠. 이상 같은 작가가 대표적일 테고요. 에이즈 환자를 성적 타락과 연결하는 것도 그렇습니다. 연결해서는 안 되는 것을 연결하는 것, 가져다 놓지 말아야 할 장소로 가져다 놓는 걸 경계해야 한다는 게 수전 손택의 주장입니다.

모든 것이 그렇듯 장단점이 있습니다. 은유가 시에서 아무리 중요하다고 해도 은유 자체만 가지고는 시를 만들 수 없습니다. 은유는 하나의 기술이나 기능일 뿐이죠. 그렇다면 그걸 어떤 방식으로 사용하느냐 하는 문제가 중요합니다. 시에 윤리라는 게 있다면, 그것은 첫째 자신을 속이면 안 된다는 것이고, 둘째로 기능이 지닌 한계를 명확히 인식하면서 기능에만 의존하려고 하지 말아야 한다는 겁니다. 재주만 믿고 예술가인 체하면 안 된다는 말이기도 합니다. '예술 정신'이나 '시 정신' 혹은 '작가 정신'이니 하는 말이 괜히 있는 건 아닐 테니까요.

7 내 마음대로 시 읽기

시를 선택하는 주체는 나다

시를 읽는 방법이 따로 있을까요? 읽는 목적에 따라 공감하며 읽기, 비판적으로 읽기, 질문하며 읽기, 성찰하며 읽기 등 여러 갈래로 나누어 이야기할 수 있긴 하겠습니다. '철학적 시 읽기의 즐거움' 같은 제목으로 나온 책도 있으니, 시 읽는 방법도 가지각색일 텐데요. 그중에서 제가 생각하는 가장 좋은 방법은 '내 마음대로 시 읽기'입니다. 뭔가 그럴듯한 용어를 내세우면 좋겠으나 그럴 능력은 없으니 편한 대로 이야기를 풀어 보겠습니다.

'내 마음대로 시 읽기'를 조금 어려운 말로 하면 '주체적인 시 읽기'라고 할 수도 있겠는데요. 이 방식의 시 읽기에 대해서는 이미 많은 이들이 강조해 왔습니다. 다른 이의 조력을 받지 않고 자신의 힘으로 시를 해석하며 읽어 내는 것, 기존의 평가에 구애받지 않으면서 자신의 안목과 취향에 따라 시를 선택하고 읽는 것 정도의 의미를 담고 있을 텐데요. 시를 해석하거나 안목을 높인다는 말 속에는 시의 특성에 대해 열심히 공부해야 한다는 전제가 깔려 있습니다. 비주체적이라고 하면 자율적 판단 능력이 없는 사람으로 취급하는 것 같아 썩 좋은 어감으로 다가오지는 않겠죠? 그래서 주체적이라는 말을 여기저기에서 많이 쓰고 있는데, 정작 실천으로 옮기기는 어려운 일입니다. 그래서 저는 '주체적인 시 읽기'보다는 조금 차원이 낮아 보이긴 하지만 '내 마음대로 시 읽기'라는 말을 쓰려고 하는데요. 말 그대로 내 마음이 가는 대로 혹은 시키는 대로 시를 찾아서 읽고 즐기면 되지 않을까 싶었거든요. 시 읽는 게 학습이나 거기서 오는 고통이 아니라 즐거움도 된다는 이야기입니다. 그래서 처음에는 '즐거운 시 읽기'라고 하려다 방향을 좀 바꾸긴 했습니다. 무조건 즐겁기만

해서도 안 되는 지점이 분명히 있을 거란 생각 때문에 그랬습니다.

내가 좋아하는 시인 찾아 읽기

내 마음대로 시를 읽는 방식에는 두 가지 차원이 있습니다. 첫 번째는 남들의 평가와 상관없이 내가 좋아하는 시, 내가 좋아하는 시인을 찾아 읽는 겁니다. 널리 알려진 유명 시인들의 시만 가치가 있는 게 아닐 테고, 무명 시인들의 시도 얼마든지 감동을 줄 수 있을 겁니다. 남들이 잘 모르는, 숨어 있는 시를 찾아서 읽는 재미도 쏠쏠하지 않을까요? 그런 차원과는 다르지만 똑같이 유명한 시인이라도 사람에 따라 선호도가 다를 수 있습니다. 백석 시인보다 이용악 시인을 좋아할 수 있고, 김수영 시인보다 신동엽 시인을 좋아할 수 있는 거지요. 그런가 하면 민중시나 노동시 같은 현실 비판적인 시보다 마음에 평온과 위안을 가져다주는 이해인 수녀 같은 분들의 시를 좋아할 수도 있습니다. 제 주위에는 성취에 비해 낮게 평가되었다면서 김종삼 시인을 높이 쳐주는 이들이 많고, 난해하기로 유명한 김구용 시인의 시를 좋아하는 이들도 있습니다. 반면에 몇몇 시인은 과대평가되었다면서 다시 평가해야 한다는 말도 합니다.

누구나 자신이 좋아하는 시인이 있기 마련입니다. 그건 시인들도 마찬가지인데요. 윤동주 시인은 외국 시인 중 프랑시스 잠과 라이너 마리아 릴케를 좋아해서 자신이 쓴 시 안에 직접 불러들이기도 했고, 당대 시인 중에서는 정지용 시인과 백석 시인의 시를 좋아했습니다. 100부 한정판으로 출간한 백석 시집 《사슴》을 구하기 어렵자 필사를 해서 가지고 다니기도 했으니까요. 그러고 보니 윤동주와 백석이 좋아하던 시인이 겹치는군요.

초생달과 바구지꽃과 짝새와 당나귀가 그러하듯이
그리고 또 '프랑시쓰 쨈'과 도연명과 '라이넬 마리아 릴케'
가 그러하듯이 _백석, 〈흰 바람벽이 있어〉 중에서

비둘기, 강아지, 토끼, 노새, 노루, '프랑시스 쨈', '라이넬
마리아 릴케' 이런 시인의 이름을 불러봅니다.

_윤동주, 〈별 헤는 밤〉 중에서

두 시의 구절에 상당한 유사성이 보이지요? 백석의 시는 1941년 4월에 발표했고, 윤동주의 시는 그해 11월에 썼습니다. 윤동주가 백석의 시를 좋아하다 보니, 일종의 오마주처럼 활용한 구절이 아닌가 싶습니다. 우연의 일치일 수도 있겠지만 좋아하면 닮고 싶어 하는 법이지요.

그렇다고 백석의 시를 좋아하는 사람만 있었던 건 아닙니다. 임화나 오장환 같은 경우는 백석의 시를 상당히 박하게 평가했으니까요. 그거야 각자의 심미안이 다르니 무어라 따질 일은 아니고, 독자 역시 자기만의 판단을 갖추면 될 일입니다. 백석의 시를 좋아한 건 같은 시대를 살았던 윤동주만이 아니고 후대의 많은 시인도 마찬가지였는데요. 그중에도 안도현 시인은 흠모라고 할 정도로 표 나게 좋아했습니다. 위에 인용한 백석의 시에 "하늘이 이 세상을 내일 적에 그가 가장 귀해 하고 사랑하는 것들은 모두/ 가난하고 외롭고 높고 쓸쓸하니"라는 구절이 나옵니다. 이 구절을 좋아하던 안도현 시인은 "외롭고 높고 쓸쓸한"이라는 말을 가져와서 자신의 시집 제목으로 삼기도 했습니다. 나중에는 《백석 평전》을 써서 출간하기도 했고요.

윤동주는 왜 백석과 정지용의 시를 그렇게 좋아했을까

요? 김소월이나 한용운 같은 시인도 있었고, 김영랑과 박용철 같은 시문학파는 물론 그와 반대되는 지점에서 모더니즘 시의 선구자라고 하는 김기림 시인도 당시에 각광을 받고 있었는데 말이죠. 식민지 현실에 대해 가장 비판적인 목소리로 문학적 발언을 했던 카프 계열의 시인들도 있었고요. 그건 윤동주의 타고난 성정과 취향이 그랬다는 말로밖에는 설명할 길이 없습니다. 그건 타인이 간섭할 수 없는 영역입니다. 백석과 윤동주가 프랑시스 잠과 릴케를 좋아했듯이 동시대를 살았던 서정주는 보들레르를 좋아했고 김기림은 T.S.엘리엇을 좋아했다고 하는데, 각자의 기질에 맞게 수용하고 영향받으면서 자신의 시 세계를 펼친 것으로 이해하면 그만입니다.

세상에는 생각보다 많은 시인과 그들이 남긴 시가 있습니다. 그 모든 시인을 찾아서 그들의 시를 읽고 좋아할 수는 없습니다. 문학사에 길이 남을 시인이라고 해서 무조건 받들어야 할 이유도 없고요. 여러 시인의 시를 두루두루 폭넓게 읽는 것은 당연히 권장할 일입니다. 시인마다 다른 빛깔과 향기를 지니고 있으니 가능하면 다양한 시들을 읽을수록 좋겠지요. 다채로운 상상의 세계를 만날 수 있는 즐거움도 누릴 수 있을 테고요. 그렇지만 선택은 독자의 권리입니다. 우선 내 마음을 흔드는 시인들의 시를 찾아 읽고, 그런 다음 좋아하는 시인의 목록을 조금씩 늘려가면 되지 않을까요?

내 마음에 들어온 시 좋아하기

같은 시인이 쓴 시라도 받아들이는 이에 따라 느낌이 다를 수 있습니다. 저는 자연을 노래한 박목월 시인의 초기 시보다 후기에 들어 고향 사람들과 가족들을 끌어들여 노래한 시편들에 더 마음이 갑니다. 반면 청록파 시절의 박목월 시를 더 좋아하는 이들도 있겠지요. 제가 고등학생 때 신문에 실린 시 한 편을 봤는데요. "감어. 눈을 감어"라고 시작하는 장석주 시인의 시를 본 순간 느낌이 무척 강렬해서 오래도록 기억에 남았습니다. 시 전체를 외우지는 못했지만 한 구절이 유독 입안에 맴돌더군요. "손도 식어서 지는 꽃잎을 받을 수 없어"라는 구절이었는데요. 그 구절에서 전해지는 서늘함에 처음으로 시를 통한 감정의 떨림을 경험했습니다. 손이 식어서 지는 꽃잎을 받을 수 없다니! 내 몸에서 식은 피가 빠져나가는 듯한 착각이 들 정도로 정신이 서늘해지던 그 순간, 나도 모르게 "감어. 눈을 감어" 웅얼거리며 눈을 감았던 것도 같습니다. "지는 꽃잎"이 가져다주는, 소멸하는 생명에 대한 안쓰러움, 그런데도 내 손이 온기를 잃어 그조차 받아 안아줄 수 없는, 나라는 존재가 처한 비극적인 상황. 자신의 식은 손을 생각하며 느꼈을 시인의 쓸쓸함과 슬픔이 내 가슴을 먹먹하게 하지 않았을까 싶습니다. 나중에 확인해 보니 그 시는 장석주 시인의 첫 시집 《햇빛사냥》에도 실려 있더군요. 그 무렵 많은 젊은이가 그 시집을 좋아했던 것으로 기억합니다. 그런데 다른 이들은 대개 표제작에 매료되었고 여기저기 소개도 많이 되었는데, 저는 표제작은 물론 시집에 실린 다른 시들에서는 별 감흥을 느끼지 못했습니다. 다만 제가 보았던 〈손은 지는 꽃잎을 받을 수 없고〉라는 시는 여전히 내 마음을 사로잡았고요. 제게 있어 장석주 시인은 그 시 한 편으로 충분합니다. 남들이야 그 시를 좋아하든 말든 아무런 상관이 없습니다. 장석주 시인의 대표작으로 흔히 〈대추 한 알〉이라는 작품을 거론합니다. 이 시는 교보생명 건물 외벽에 설치한 '광화문 글판'에 실리는 바람에 널리 알려졌고, 지금도 많은 이들의 사랑을 받고 있습니다. 그렇게 유명세를 탄 작품이긴 하지만 저는 그 시가 장석주 시인을 대표한다는 게 의외로 다가옵니다. 제 눈에는 잘 쓴 시이긴 하지만 뛰어난 시라고 보이지는 않거든요. 대추 한 알이 붉고 둥글어지기까지 태풍과 천둥, 벼락 그리고 무서리 내리는 밤, 땡볕, 초승달이 함께했다는 내용을 담고 있습니다. 혹시 다른 시인이 쓴 시가 떠오르지 않나요? 저는 그 시를 본 순간 서정주 시인의 〈국화 옆에서〉가 떠올랐습니다. 한 송이의 국화꽃을 피우기 위해 봄부터 소쩍새가 울고, 천둥이 먹구름 속에서 울고, 간밤엔 무서리가 내렸다고 하는 내용의 시잖아요. 두 작품은 대추와 국화꽃이라는 소재의 차이는 있지만 발상과 전개 방식이 흡사해서 서정주 시의 기법을 빌려 온 작품이라는 느낌을 떨칠 수가 없습니다. 그래서 저는 그 시를 제 마음자리에 놓아두기 어렵습니다. 어쩌면 장석주 시인도 그 시가 자신의 대표작처럼 여겨지는 것을 부담스러워할 수 있겠다는 생각을 해 봅니다. 하나의 예를 들었지만 이런 식으로 같은 시인의 여러 작품 중에서 어떤 시를 좋아하느냐는 사람마다 다를 수 있습니다. 남의 평가와 시선이 아니라 오로지 자신의 판단에 따라 좋아하는 작품을 마음에 담아 두는 것, 그게 시를 즐기는 방법이 아닐까 합니다.

나만의 눈으로 해석하고 평가하기

두 번째로 이야기하고 싶은 건 어떤 시가 됐든 나만의 눈으로 바라보며 해석하고 평가하는 게 필요하다는 겁니다. 남들이 전부 시의 앞면을 볼 때 나 홀로 뒷면이나 옆면을 볼 수도 있고, 때로는 뒤집어서 볼 수도 있는 거지요. 남이 해석하는 대로 따라갈 필요는 없다는 건데요. 내가 처한 상황과 거기서 흘러나오는 감정에 맞게 재해석해서 받아들일 필요가 있습니다.

중국 당나라 시인 두보의 대표작 가운데 〈춘망春望〉이 있습니다.

國破山河在 국파산하재
城春草木深 성춘초목심
感時花濺淚 감시화천루
恨別鳥驚心 한별조경심
烽火連三月 봉화연삼월
家書抵萬金 가서저만금
白頭搔更短 백두소갱단
渾欲不勝簪 혼욕불승잠

나라는 무너졌어도 산과 강물은 여전하고
봄 깊은 성안에는 나무와 풀 우거졌어라.
시절이 스산하니 꽃을 보아도 눈물 흐르고
이별이 한스러워 새소리에도 깜짝 놀라네.
봉홧불은 석 달째 꺼질 줄 모르고
집에서 보낸 편지는 만금보다 소중하구나.
흰 머리를 긁으니 더 짧아져서
이제는 비녀조차 꽂기 어려워라.

이 시는 안사의 난 혹은 안녹산의 난이라고 하는 전란이
일어났을 때 쓴 작품입니다. 황제가 수도를 버리고 도망
갈 정도로 반란군의 기세가 거셌는데, 그 와중에 두보는
포로가 되어 장안으로 끌려가는 신세가 되고 맙니다. 가
족들과도 헤어져 포로로 생활하는 시간이 얼마나 괴롭고
고통스러웠을까요? 그때의 심정이 시에 고스란히 담겨 있
습니다. 이 시를 김소월 시인이 번역한 게 있는데요. 김소
월 시인은 여러 편의 한시를 우리말로 옮겼습니다. 번역이
라기보다는 번안에 가까울 정도로 자신의 색깔을 입혀서
마치 다른 시처럼 보이기도 합니다.

봄

이 나라 나라는 부서졌는데
이 산천 여태 산천은 남아 있더냐
봄은 왔다 하건만
풀과 나무에뿐이여

오! 서럽다 이를 두고 봄이냐
치워라 꽃잎에도 눈물뿐 흩으며
새 무리는 지저귀며 울지만
쉬어라 이 두근거리는 가슴아

못 보느냐 발갛게 솟구는 봉숫불이
끝끝내 그 무엇을 태우랴 함이료
그리워라 내 집은
하늘 밖에 있나니

애닯다 긁어 쥐어뜯어서
다시금 짧아졌다고
다만 이 희끗희끗한 머리칼뿐
인제는 빗질할 것도 없구나

김소월은 왜 두보의 하고 많은 시 중에 이 시를 번역했을까요? 그건 김소월이 일제에 나라를 빼앗긴 처지의 백성이었기 때문입니다. 당나라에서는 반역의 무리가 국토를 짓밟아 황폐하게 만들었는데, 김소월은 거기다 망국의 한을 겹쳐 놓고 읽었을 겁니다. 독자들이 두보의 시를 만나기 전에 김소월의 이 시를 읽으면 십중팔구 일제 식민지 상황을 그린 것으로 받아들일 겁니다. 그러므로 이 번역시는 두보의 시를 빌려 개인의 슬픔을 민족의 슬픔으로 확장시켰다고 할 수 있습니다. 조선 시대였다면 두보의 시를 임진왜란이나 병자호란 같은 전란을 떠올리며 읽겠지만 식민지 시기를 살았던 김소월의 독법은 그와는 다를 수밖에 없습니다. 김소월이 두보의 시를 보면서 어떤 감정을 느꼈을지 상상해 보는 것도 의미 있지 않을까요?

한편 이 시는 허진호 감독이 만든 영화 〈호우시절〉에도 잠깐 등장하는데요. 남주인공이 중국 청두에 출장을 갔다가 미국에서 같이 유학 생활을 했던 중국인 여자 친구를 만나는 이야기입니다. 그 전에 청두에 커다란 지진이 일어나서 도시가 파괴된 모습이 나오는데, 두보의 〈춘망〉에 나오는 "국파國破"라는 구절과 겹쳐서 읽게 만듭니다. 관객들은 눈치채기 어렵도록 간단히 처리했지만 감독이 이 시를 선택한 이유는 충분히 짐작됩니다. 같은 시를 김소월은 망국의 슬픔과 겹쳐 읽었고, 허진호 감독은 지진으로 파괴된 도시의 참상과 겹쳐서 읽었습니다. 이렇듯 하나의 작품이 누가 읽느냐에 따라 각기 다르게 다가갈 수 있는 법이고, 누군가는 또 다른 방식으로 이 시에 접근할 수도 있겠지요.

시는 독자의 것이다

〈시 읽는 시간〉이라는 다큐멘터리영화가 있습니다. 모두 다섯 명의 인물이 나오는데요. 이들의 사연과 함께 각자 자신의 마음에 와닿은 시를 읽고 소개하는 간단한 구성으로 되어 있습니다. 그중 한 명이 프리랜서 일러스트레이터인 안태형이라는 인물입니다. 일러스트를 그리는 것만으로는 생계를 해결하기 어려워 일이 없을 때는 직장에 다니고, 그러다 돈이 좀 모이면 다시 일러스트를 그리고 있습니다. 무척 불안정한 생활을 하고 있는 처지인데요. 이 사람의 작업실에 시 한 편이 걸려 있는 걸 보여 주는 장면이 있습니다. 1930년대에 활동했던 모더니스트 시인 김기림의 대표작 〈바다와 나비〉입니다.

아무도 그에게 수심水深을 일러준 일이 없기에
흰 나비는 도무지 바다가 무섭지 않다.

청靑무우밭인가 해서 내려갔다가는
어린 날개가 물결에 절어서
공주처럼 지쳐서 돌아온다.

삼월三月달 바다가 꽃이 피지 않아서 서글픈
나비 허리에 새파란 초생달이 시리다.

국어 교과서에도 실려 있을 만큼 유명한 시입니다. 여러
분은 학창 시절에 이 시가 무얼 말하려고 하는지 배웠나
요? 은유와 상징을 많이 써서 해석하기 쉽지 않은 작품
입니다. 국어 교사가 해석하는 대로 혹은 참고서에 나온
해석대로 따라서 읽을 수밖에 없었을 겁니다. 기억을 더
듬어 보면 바다로 상징되는 근대 문명의 세계로 나아가
려다 좌절하고 마는 나약한 지식인의 좌절을 그린 작품
이라는 얘기가 떠오를지도 모르겠습니다. 이게 비평가들

이 말하는 표준화된 해석일 텐데요. 김기림이라는 인물과 시가 창작된 당시 시대 상황을 엮어서 시를 읽어 내는 방법이지요.

이 시를 꼭 그렇게만 읽어야 할까요? 누가 언제 쓴 시인지를 따지고, 거기에 맞춰 해석해야 할까요? 다큐멘터리의 주인공 안태형 씨는 왜 하필 이 시를 자신의 작업실 벽에 붙여 놓았을까요? 안태형 씨의 현재 삶은 불안합니다. 그동안 많은 좌절을 겪기도 했을 거고요. 안태형 씨가 영화 안에서 이 시에 대해 따로 말하는 대목은 나오지 않지만 제 나름대로 짚이는 건 있습니다. 자신의 처지를 "꽃이 피지 않"는 바다로 나아갔다가 지쳐서 돌아오는 나비에게 감정 이입하지 않았을까 싶은 거지요. 1930년대의 상황이라든지 근대 문명이라든지 하는 건 안태형 씨에게 아무런 의미가 없었을 겁니다. 단지 자신이 처한 막막한 상황을 이 시가 대변해 주고 있다는 느낌을 받았기 때문이겠지요. 그렇게 해서 이 시는 김기림 시인의 손을 떠나 안태형 씨의 시가 되었습니다.

〈일 포스티노〉라는 영화를 본 사람들이 많을 텐데요. 칠레의 시인 네루다가 이탈리아의 작은 섬에 들어가 망명 생활을 하던 중 우편 배달부인 젊은 청년 마리오와 우정을 나누는 이야기를 그린 영화입니다. 마리오는 네루다를 통해 시라는 것에 처음으로 눈을 뜨고 시를 쓰고 싶어 합니다. 하지만 하루아침에 시인이 될 수는 없는 노릇이지요. 마리오는 베아트리체라는 여자에게 마음을 빼앗긴 상태고, 시로 사랑의 마음을 고백하고 싶습니다. 자신의 능력으로 안 되자 네루다의 시 구절을 가져다 마치 자신이 쓴 것처럼 이용(?)합니다. 그런 사실을 알게 된 네루다가 화를 내는 건 당연한 일이었을 테지요. 그런데 마리오는 아무렇지도 않다는 듯이 이렇게 말합니다.

"시란 시를 쓴 사람의 것이 아니라 그 시를 필요로 하는 사람의 것입니다."

상당히 인상 깊게 다가왔던 대사입니다. 마리오의 응대는 당돌했지만, 시의 쓰임새를 직설적으로 전달하는 말이라고 하겠습니다. 독자 없이 시와 시인이 존재할 수 있을까요? 그러니 시는 독자의 것이라는 말에 이의를 달기 어렵습니다. 네루다도 마리오 말에 반박하지 못한 채 입을 다물고 말았으니, 세계적인 대시인 네루다가 순박한 시골뜨기 청년 마리오에게 한 방 먹은 셈입니다.

시를 해석하고 받아들이는 데에 따로 정해진 경로나 해석은 없습니다. 그러니 오독을 두려워하지 마십시오. 시에게 자신을 맞추지 말고 자신에게 맞는 시를 찾아서 읽고 즐기십시오. 그런 시를 발견했을 때 찾아드는 기쁨을 누리다 보면 시가 점점 좋아질지도 모를 일입니다. 다른 시를 더 찾아 읽고 싶은 마음이 찾아들 수도 있을 거고요.

8 시인의 말에 귀 기울이기

이성의 역할과 감정의 역할

시를 읽는다는 건 그 시를 쓴 시인을 읽는 일이기도 합니다. 시와 시인을 분리해서 바라봐야 한다는 말을 하는 이들이 있고 그래야 하는 경우도 있지만 대체로 시에는 그 시를 쓴 시인이 사물과 세상을 바라보는 시각과 통찰이 담겨 있기 마련입니다. 시를 다룬 시론만 있는 게 아니라 시인을 다룬 시인론이 많이 나오는 것도 그런 이유 때문이겠지요. 그래서 시를 읽으며 시인의 생각을 따라가 보려는 노력은 중요합니다. 시인의 생각에 동의하라는 게 아니라 시인이 어떤 고민을 하며 시를 썼는지 생각해 보는 과정이 시를 이해하는 데 도움이 되리란 건 분명하니까요.

시집의 앞이나 뒤에 보면 '자서自序' 혹은 '시인의 말'이라는 게 붙어 있곤 합니다. 시집이 나오도록 도움을 준 이들에게 고맙다는 인사를 전하기도 하지만 시인이 시집 속의 시들을 어떤 마음으로 썼는지 고백하는 내용을 담기도 합니다. 이문재 시인의 시집 《지금 여기가 맨 앞》에 아래와 같은 말이 실린 걸 보았습니다.

존경하는 친구가 말했듯이 지금 우리에게 필요한 것은 세계관世界觀이 아니고 세계감世界感이다. 세계와 나를 온전하게 느끼는 감성의 회복이 긴급한 과제다. 우리는 하나의 관점이기 이전에 무수한 감점感點이다.

이성은 감정보다 우월할까요? 이런 질문은 그 자체로 우스꽝스러울 수 있을 겁니다. 둘은 적절한 비교 대상이 아닐 수 있기 때문이지요. 하지만 이성을 앞세워 감정을 누르라고 강요하는 사례를 심심치 않게 마주치곤 합니다. 그렇다면 감정은 나쁜 것일까요? 그럴 리 없습니다. 지나친 이성 중심의 사고가 해로운 것처럼 절제되지 않은 감정의 분출을 조심해야 할 따름이겠지요. 어설프게 정의하자면 이성은 철학의 수단이고 감정은 예술의 수단이라 할 수 있겠는데요. 이성은 논리를 바탕으로 하며 지적 작업을 하는 과정에 중요합니다. 반면 감정은 인간의 원초적 본성을 드러내기에 적합하고요. 인간의 행동을 끌어낼 때 이성보다 감정이 더 큰 작용을 하는 경우도 많습니다.

서구 문명이 전해지면서 '합리적 이성'이라는 말이 함께 따라왔습니다. 그러다 보니 이성은 근대인이 갖추어야 할 덕목인 것처럼 얘기되고, 그런 바탕 위에서 감정보다 이성 우위의 세상으로 점차 변모되어 온 것을 부정할 수 없습니다. 이것으로 생긴 부작용은 없을까요? 이문재 시인이 던진 '세계감世界感'이라는 낱말을 보는 순간 무언가로 한 대 쿵 얻어맞은 듯했던 기억이 뚜렷합니다. 스무 살 시절 대학에 들어가 선배들에게 많이 들었던 말 중의 하나가 '올바른 세계관을 가져야 한다'는 것이었습니다. 선배들과 사회과학책을 읽으며 학습하는 동안 내 세계관이 바뀌는 경험을 했습니다. 그전까지 내가 세상을 바라보던 관점이 무참히 깨져 나가는 데는 그리 오랜 시간이 걸리지 않더군요. 새로운 눈을 뜬 기분이었다고 할까요? 그렇다고 해서 내가 열렬한 운동권 학생이 된 건 아니지만 그때 형성된 세계관이 꽤 오랫동안 나를 지배했다는 사실을 부정할 수 없습니다.

지금은 세월이 많이 흐르고 세상도 바뀌어서 예전의 세계관을 그대로 갖고 있지는 않습니다. 그렇지만 여전히 냉철한 이성의 눈으로 세상을 바라보아야 한다는 생각이 강한 편입니다. 어떤 현상을 접하면 자꾸만 논리적으로 설명하려 드는 습성 또한 버리지 못했고요. 그러다가 만난 세계감이라는 낱말은 모든 걸 처음부터 다시 생각하게 만드는 힘이 있더군요. 사람들이 올바른 세계관을 갖고 있지 못해서 세상이 이 모양이 된 건 아니지 않을까? 이런 생각을 처음 한 건 아니지만 어렴풋한 문제의식 정도만 지니고 있었습니다. 세계감이라는 낱말을 만나고 나서야 관점보다 태도가 훨씬 중요하다는 걸 새삼 새길 수 있게 되었습니다. 서로 다른 세계관 때문에 얼마나 많은 갈등과 분쟁이 있었는지, 옳고 그름을 따지느라 얼마나 많은 사람을 증오하고 학살했는지, 관점觀點 이전에 감점感點을 강조하는 시인의 말에 고개를 끄덕이지 않을 수 없었습니다.

이문재 시인이 존경하는, 세계감이라는 말을 전해 준 친구가 누구인지 모릅니다. 굳이 알려고 하지 않아도 그만입니다. 다만 최근에 읽은 시에서 마주친 구절이 잊히지 않습니다. "윤기와 물기를/ 잊지 말거라." 고영서 시인의 시집 《연어가 돌아오는 계절》에 실린 〈어느 시작법詩作法〉에 나오는 구절인데요. 시를 쓰기 위해서는 윤기와 물기를 담는 언어가 필요하다는 얘기일 겁니다. 그런 면에서 이문재 시인이 말한 세계감이라는 말과 통하는 구절이라고 생각했습니다. 세계감이라는 다소 딱딱한 말을 쉽고 편한 말로 풀어낸 표현이라고 할 수도 있겠네요. 이렇듯 시인들의 감각은 서로 통하는 부분이 있는 듯합니다.

시인의 언어가 향하는 곳

근래에 세계인들의 주목을 받은 저항운동 두 개가 있었는데요. 홍콩 젊은이들의 민주화 투쟁과 군부 쿠데타에 맞선 미얀마 민중들의 항쟁입니다. 홍콩 젊은이들은 유서를 품에 안은 채 거리로 나섰고, 미얀마 민중들은 총탄에 스러지면서도 군부에 맞섰습니다. 그런데 진보주의자라고 하는 이들 중 일부이긴 하지만 이상한 방향의 분석법을 들고나오는 사람들이 있더군요. 홍콩 투쟁의 배후에 사회주의를 배격하고 자본주의 체제를 유지하려는 서양의 은밀한 지지와 응원이 있다는 겁니다. 비슷한 논리로 미얀마 역시 수치 여사를 앞세운 세력이 서양에 우호적이며, 쿠데타를 일으킨 군부가 실은 제국주의자들과 맞서 독립운동을 했던 민족주의자들의 흐름을 잇고 있다는 건데요. 그런 측면들이 전혀 없다고 할 수는 없을지라도, 모든 걸 이념 대립 구도에 맞추어 해석하려는 것을 이해하기 힘들었습니다.

최근에 벌어진 러시아의 우크라이나 침공도 마찬가지입니다. 일부에서는 우크라이나가 미국과 유럽 국가들의 지원을 받아 나토에 가입하려 했고, 그렇게 되면 러시아 영토 코앞에 나토군이 들어서게 되는 걸 방치할 수 없어 러시아가 어쩔 수 없이 전쟁을 일으켰다고 하는 논리를 내세우기도 합니다. 이리저리 공부해 보니 우크라이나를 둘러싼 역사와 정치 지형이 매우 복잡했습니다. 러시아가 우려하는 지점에 대해 그럴 만한 부분이 있겠다는 생각이 들기도 하더군요. 하지만 그렇다고 해서 전쟁이라는 방법을 사용하는 건 용인하기 힘들었습니다. 나토 가입에 대해서는 우크라이나 사람들이 판단해서 결정할 문제고, 다른 국가가 이래라저래라 할 문제는 아닙니다. 그건 우크라이나를 주권국가로 인정하지 않는 태도 아닐까요? 나아가 왜 우크라이나 사람들 다수가 러시아보다 유럽에 우호적이며, 러시아가 왜 신뢰를 얻지 못하고 있는지부터 돌아보는 게 맞지 않을까 싶습니다. 그런 과정 없이 탱크를 앞세워 남의 나라를 침공하는 건 어떤 이유로든 규탄받아야 할 행동입니다. 무엇보다 전쟁으로 당장 죽어 가는 수많은 군인과 민간인들을 생각한다면, 그걸 서방과 러시아 사이의 세력 싸움 같은 잣대로만 판단할 일은 아닐 겁니다.

홍콩과 미얀마의 시위대가 정말로 우매해서 서양 세력들에게 이용당하고 있는 걸까요? 그들이 흘린 피는 정말로 무의미한 걸까요? 이성과 이념을 앞세워 자신들의 논리를 세우고, 그런 논리가 세상이 돌아가는 이치를 명확히 설명해 준다고 믿는 사람들에게 홍콩의 젊은이들과 미얀마의 민중들이 흘리는 피는 자신들이 믿는 이념에 비하면 헛된 희생이나 무가치한 것에 불과할지도 모릅니다. 하지만 피 흘리며 고난을 겪는 사람들이 있다면 그들의 피를 멈추게 할 방법을 먼저 생각해야 하는 게 아닐까요? 무자비하게 곤봉을 휘두르는 경찰에게 그 손을 멈추라고, 중

무장한 군인에게 총칼을 거두라고 외쳐야 하지 않을까요? 더 이상의 희생이 없기를 바라는 기도부터 해야 하지 않을까요? 어느 쪽이 정의롭다, 정당하냐를 따지는 건 그다음 문제입니다. 다른 무엇보다 사람을 먼저 보는 일, 사람의 피와 눈물을 닦아 주는 일이 앞서야 하지 않을까요? 요즘 많이 거론하는 기후위기 문제를 비롯해 산업재해로 대표되는 노동안전 문제, 성소수자와 젠더 문제, 이주노동자와 난민 문제 등도 마찬가지입니다. 원인을 분석하고 해법을 찾는 건 당연히 중요합니다. 하지만 거기에만 매몰되면 서로 다른 입장 때문에 충돌이 발생하면서 정치 논리라든지 경제 논리 같은 것들이 앞서는 걸 볼 수 있습니다. 그런 것들보다 고통에 감응하는 게 먼저 아닐까요? 너는 어떤 입장이냐가 아니라, 입장에 관계없이 고통받는 이들의 처지에 서 보는 것, 그게 먼저 가져야 할 인간의 자세라고 믿습니다. 그런 면에서 볼 때 시와 시인의 언어는 생각과 사상을 전달하기에 앞서 감정을 전달하는 역할에 더 가까워야 하리라고 봅니다. 아무리 훌륭한 생각과 사상이라도 이 세상에 존재하는 모든 것들을 애틋하게 여기고 가여워하는 마음, 사랑으로 다가가서 감싸 안는 마음이 앞서지 않으면 일방적인 강요나 폭력으로 변하기 쉬우니까요.

이문재 시인이 말한 세계관과 세계감이라는 말을 나란히 놓고 생각해 봅니다. 나는 그동안 어느 쪽에 치우쳐 있었나 되돌아보면서. 그런 다음 오른손을 들어 가만히 심장 위에 올려놓아 봅니다. 내 언어가 손바닥에 전해지는 심장의 파동을 따라 움직이기를 기원하면서. 시인의 언어는 이렇게 생각지도 못했던 지점을 건드리곤 합니다. 시인이 먼저 예민하게 감지한 것을 독자가 나눠 받을 때 단순히 시집 한 권을 읽는 게 아니라 세상을 보는 눈을 새롭게 얻을 수 있습니다.

가당찮은 것을 가당한 일로 만들기

그런 예를 하나 더 들어 볼까 하는데요. 이번에는 나희덕 시인의 《가능주의자》라는 제목의 시집입니다. 시집 제목이 낯설게 다가올 텐데요. 일상생활에서 거의 쓰지 않는 '가능주의자'는 시인이 창안한 말입니다. 언뜻 낙관주의자라는 말과 비슷해 보이지만 의미상의 뉘앙스는 꽤 차이가 있습니다. '낙관'이라는 말이 심리적 다독임에 가깝다면

'가능'이라는 말은 무언가를 이루기 위해 움직여야 한다는 쪽에 가까운 걸로 제게는 다가옵니다. 지금 우리가 사는 세상은 암울해 보이는 게 사실입니다. 반성 없는 문명이 이런 식으로 돌진하다가는 얼마 가지 못해 인류가 멸망할지도 모른다는 경고가 수시로 울리고 있습니다. 빙하가 녹아내리고, 지구 여기저기서 대형 산불이 일어나고, 신종 바이러스가 걷잡을 수 없이 퍼지고 있으니까요. 전쟁도 그칠 줄 모르고요. 그러니 '가능'보다는 '불가능'이라는 말이 먼저 입안에서 맴돌기 마련입니다. 이런 암울한 전망 속에서 인류는 무슨 꿈을 꾸어야 할까요?

나희덕 시인은 그런 가운데 표제시에서 "저는 가능주의자가 되려 합니다/ 불가능성의 가능성을 믿어보려 합니다"라고 말합니다. 시인이라고 해서 점점 '불가능'의 시대로 치닫고 있는 현실을 모르지 않습니다. 생각할수록 안타까운 현실이지요. 인간이 재앙을 불러들였지만 그걸 막아야 하는 주체 역시 인간일 수밖에 없습니다. 그런데 인간은 아직도 반성할 줄 모르는 것처럼 보입니다. 그게 더 절망적으로 다가오기도 합니다. 어떻게 해야 할까요? 시인은 "불가능성의 가능성"을 믿어 보자고 하는군요. 쉬운일이 아닙니다. 그래서 시인은 이 시를 "세상에, 가능주의자라니, 대체 얼마나 가당찮은 꿈인가요"라고 끝맺습니다. 스스로 생각하기에도 '가당찮은 꿈'이라는 걸 잘 알고 있습니다. 하지만 그래서 더 악착같이 매달려야 하는 일인지도 모릅니다. 가당찮은 것을 가당한 일로 만드는 건 같은 꿈을 가진 사람들이 많아질 때 가능합니다. 시인은 지금 독자들에게 손을 내밀고 있는 겁니다. 함께 가능주의자가 되어 보지 않겠느냐고!

이런 식으로 시인들이 새로 만든 말은 상당히 많습니다. 철원에 사는 정춘근 시인은 《반국 노래자랑》이라는 독특한 제목의 시집을 냈습니다. 반국 노래자랑? 제목을 보면서 고개를 갸웃거리는 독자들의 모습이 상상되는군요. 이 말은 '전국노래자랑'을 비튼 겁니다. '전국'은 온 나라를 가리키는 말일 텐데요. 거기에 북쪽 나라는 포함되지 않는 걸까요? 시인은 "조선 팔도 반만 빙빙" 도는 노래자랑 이름이 왜 전국노래자랑이냐고 따져 묻습니다. 2003년 평양 모란봉공원 평화정 앞에서 '전국노래자랑'을 진행한 적이 있긴 합니다. 하지만 그건 일회성의 특별 행사였을 뿐, 여전히 북쪽은 머나먼 나라입니다. 반쪽짜리 전국노래자랑이 진정한 의미에서 전국노래자랑이 되는 날이 오긴 올까요? 시인은 우리가 지금 '반국'에 살고 있다는 사실을 상기하라고 친절히 일러 주는 중입니다. 잊지 말아야 할 걸 챙기는 것도 시인의 몫인 모양입니다.

비슷한 문제의식을 가진 시인이 한 명 더 있습니다. 박기영 시인이 펴낸 시집 제목은 《무향민의 노래》입니다. '무향민'이라는 말이 또 걸릴 텐데요. 고향이 없는 사람이라는 뜻으로 만든 말입니다. 박기영 시인의 아버지는 평안남도 맹산에서 포수 생활을 하다 남쪽으로 내려온 분입니다. 고향인 맹산으로 돌아가지 못한 채 돌아가셨다고 하는데요. 그렇다면 박기영 시인의 고향은 어디일까요? 대구에서 태어났으니 대구가 고향일까요? 시인의 아버지가 실향민이라면 그 아버지의 아들은 무향민이라고 시인은 말합니다. 자신의 뿌리가 북쪽 맹산에 있다고 믿지만 아버지가 돌아가신 지금 그곳에선 자신을 반겨 줄 이가 아무도 없습니다. 남쪽도 북쪽도 자신의 고향으로 삼을 수 없다는 것, 시인의 비애는 우리가 미처 생각지 못한 곳에 자리 잡고 있습니다.

시인들은 세상에 없는 말들을 만들기도 합니다. 그런 말들을 세상에 던진 다음 독자들을 불러 세우죠. 이런 말이 있다는 걸 들은 적이 있는지, 생각한 적은 있는지, 아니라면 지금부터라도 생각해 보라고 말합니다. 흘려들을 사람은 흘려듣겠지만 그래도 시인들은 말하기를 멈추지 않을 겁니다. 감정과 사유의 재배치, 시가 독자들에게 요구하는 겁니다. 익숙한 것들과의 결별 그리고 새로운 만남, 독자가 시인이 하는 말에 귀 기울여야 하는 이유입니다.

9 깊고 넓게 읽기

깊고 넓게 읽기의 다양한 갈래

시를 깊고 넓게 읽어야 한다는 말을 하는 이들이 있습니다. '깊고'는 한 편의 시를 깊이 있게 들여다보라는 말일 수도 있고, 한 시인의 시 세계를 심층까지 추적해 가며 살펴보라는 말일 수도 있습니다. '넓게'는 다양한 시를 많이 읽으라는 얘기일 겁니다. 둘 다 당연한 말이지만 그대로 따라 하기에는 쉽지 않은 말이기도 합니다. 깊이 읽기가 쉽지 않은 건 시가 해석이 쉽지 않은 모호성을 지니고 있기 때문입니다. 시는 제품 설명서처럼 친절하지 않으니까요. 쉽게 이해되지 않으니 읽기에 불편하지요. 넓게 읽기는 시간만 주어지면 가능한 일이기는 합니다. 넓게 읽는다는 것도 해석하기에 따라 여러 의미를 담고 있을 텐데요. 가능하면 서로 다른 특성을 가진 시인들의 시를 두루두루 만나 보라는 의미가 먼저 다가옵니다. 리얼리즘 계열의 시도 읽고 모더니즘 계열의 시도 읽는 것, 전통 서정시와 실험 정신이 강한 난해시를 함께 읽는 것, 우리나라와 외국 시를 가리지 않고 읽는 것 등이 있을 텐데요. 그런 구분 말고 윤동주의 '자화상'이나 서정주의 '자화상'처럼 같은 제목을 가진 여러 시인의 시를 찾아서 비교하며 읽는 방식도 있을 겁니다. 시로 영향을 주고받은 시인들의 시를 비교하며 읽을 수도 있겠고요. 원로 평론가 유종호 선생이 《작은 것이 아름답다》라는 책을 냈는데, 부제가 '시, 깊고 넓게 겹쳐 읽기'입니다. 그러면서 제일 앞에 실은 글이 백석과 일본 시인 다나카 후유지의 시를 비교하며 살펴보는 내용입니다. 넓게 읽는 방식도 다양하다는 걸 알 수 있습니다.

저는 그중에서 한 시인의 시를 집중적으로 모두 찾아서 읽는 방식은 어떨까 싶기도 합니다. 시인이라고 해서 평생 같은 주제만 파고들라는 법은 없고, 나이 들면서 시의 경향이 바뀌기도 합니다. 그런 변모 과정을 살펴보는 것도 흥미롭지 않을까 하는데요. 앞에서 박목월 시인이 그런 경우라는 말을 했습니다. 그와 함께 〈육체로 들어간 진달래〉라는 시를 쓴 김규동 시인은 젊었을 적에 김기림 시인의 영향을 받아 모더니즘 계열의 시를 썼다가 나중에는 줄곧 리얼리즘이라는 말에 어울리는 시들을 썼습니다.

김소월은 어떤 시인이었나?

한 시인의 시 세계에도 다양한 결이 담겨 있을 수 있습니다. 그런데도 특정한 작품만 집중적으로 언급하면서 그 시인의 다양성이나 총체적인 모습이 가려지곤 합니다. 저는 그런 시인의 예로 김소월을 들곤 하는데요. 〈진달래꽃〉과 〈초혼招魂〉 등을 들어 이별의 정한을 노래한 시인이라고 규정을 내리는 건 위험하다고 생각합니다. 제가 김소월에 관한 책 두 권을 쓰면서 김소월이 남긴 시들을 모두 읽어 본 결과 〈빼앗긴 들에도 봄은 오는가〉를 쓴 이상화 시인 못지않게 민족의식이 강했던 시인임을 확인할 수

있었으니까요. 그런 계열의 시로 간혹 등장하는 게 〈바라
건대는 우리에게 우리의 보습 대일 땅이 있었더면〉이라는
시인데요. 제 눈에는 그 시보다 작품성이 더 뛰어나면서
일제의 수탈과 폭압을 고발하는 저항시의 성격을 띤 작품
들이 많았습니다. 소작쟁의로 농사짓던 땅을 버리고 "만
주 봉천은 못 살 곳"으로 떠나야 했던 농민들을 그린 〈나
무리벌 노래〉를 비롯해 다음과 같은 시도 김소월의 대표
작으로 삼을 만합니다.

옷과 밥과 自由
공중에 떠다니는
저기 저 새여
네 몸에는 털 있고 깃이 있지.

밭에는 밭곡식
논에 물벼.
눌하게 익어서 수그러졌네.

초산楚山 지나 적유령狄踰嶺
넘어선다.

짐 실은 저 나귀는 너 왜 넘니?

초산과 적유령은 압록강을 앞둔 곳입니다. 압록강을 건
너면 바로 만주로 이어지지요. 나귀에 실은 짐은 필시 만
주 땅으로 이주해서 살기 위해 필요한 살림살이들일 겁
니다. 제목부터 그동안 보던 김소월의 시들과는 결이 다
르다는 걸 알 수 있습니다. '옷과 밥과 자유'는 사람이 사
람으로 존재하기 위해 꼭 필요한 것들의 목록입니다. 거
기에 자유를 끼워 넣은 걸 유심히 볼 필요가 있는데요.
자유가 없는 식민지 치하의 조선인들을 생각하면 김소
월의 시적 지향이 이별을 노래하는 서정적 자아에만 머
물러 있었던 게 아님을 분명히 알 수 있습니다. 시집에는
넣지 못했지만 다수의 유고 시에는 직설적으로 식민지
조선을 호출하는 구절들이 나옵니다. 대충 몇 개의 구절
만 뽑아 봤습니다.

조선朝鮮, 생명된 고민이여!
우러러보라, 하늘은 까맣고 아득하다. _〈봄과 봄밤과 봄비〉

못 잊혀 그리운 너의 품속이어―,

못 잊히고, 못 잊혀 그립길래 내가 괴로워하는 조선朝鮮이여 _〈마음의눈물〉

산과 물, 나무와 풀과 도시와 촌락,
아무런 것이나 조선朝鮮이거든, 가는 곳마다
바람아 물어보라, 그대 말을, 조선朝鮮이라는 조선朝鮮의
넋에다가. _〈무제〉

어떤가요? 우리가 알던 김소월의 목소리와는 사뭇 다르지 않은가요? 김소월은 민족사학이라 할 수 있는 오산학교와 배재고보를 다녔고, 오산학교 시절 교장이던 조만식 선생을 흠모하여 〈세이, 엠. 에스〉라는, 조만식 선생의 이니셜을 딴 제목의 시를 쓰기도 했습니다. 그런가 하면 농민의 삶을 꿈꾸며 농사짓는 일을 예찬한 시들도 여럿입니다. 단순히 눈물 많은 여린 감성의 시인은 아니었던 거죠.

우리 두 사람은
키 높이 가득 자란 보리밭, 밭고랑 위에 앉았어라.
일을 필畢하고 쉬는 동안의 기쁨이여.
지금 두 사람의 이야기에는 꽃이 필 때.

......

다시 한 번 활기 있게 웃고 나서, 우리 두 사람은
바람에 일리우는 보리밭 속으로
호미 들고 들어갔어라. 가즈란히 가즈란히,
걸어 나아가는 기쁨이여, 오오 생명의 향상이여.

_〈밭고랑 위에서〉 중에서

후기로 가면서 나타나는 김소월 시의 특징을 볼 때 크게
두 가지가 두드러지는데요. 농촌 현실과 같은 구체적인
삶의 현장을 시 안으로 끌어들이고, 7.5조로 대표되는 정
형 율격에서 벗어나는 경향이 나타납니다. 율격에 구애받
지 않겠다는 건 운율보다 중요한 것, 즉 하고픈 말의 내용
에 더 무게를 두고 싶었기 때문일 겁니다. 김소월은 생전
의 유일한 시집인 《진달래꽃》을 출간한 다음 해인 1926년
에 자신이 태어난 곽산을 떠나 처가가 있는 구성으로 삶
의 터전을 옮깁니다. 그곳에서 농민의 삶을 살고자 한 것
같으나 여러 여건이 받쳐 주지 않으면서 술에 의지하며
세월을 보내게 되는데요. 위에 인용한 〈밭고랑 위에서〉는
구성으로 옮기기 직전에 쓴 작품이고, 죽기 전에 발표한
〈건강한 잠〉이라는 시에는 "과거의 십 년 기억은 머리 속

에 선명하고/ 오늘날의 보람 많은 계획이 확실히 선다."
라는 구절이 나옵니다. 함께 발표한 〈상쾌한 아침〉에서는
봄비가 내리는 신개지新開地를 바라보며 "앞날의 많은 변
전變轉의 후에/ 이 땅이 우리의 손에서 아름다워질 것을!
아름다워질 것을!"이라며 희망에 찬 모습을 보여 주기도
했습니다. 구성으로 옮기기 전부터 농민의 삶을 꿈꾸었
던 김소월 시인은 여러 시편을 통해 농민 시인의 면모를
보여 주기도 했는데요. 안타깝게도 그 꿈을 이루기 전에
너무 일찍 세상을 떠난 탓에 많은 아쉬움을 남기고 있습
니다.

숨어 있는 시를 찾아 읽는 즐거움

김소월의 시를 전체적으로 살피면서 제가 가장 놀랐던
건 아래 시를 만났을 때였습니다.

합장合掌
나들이. 단 두 몸이라. 밤빛은 배여와라.
아, 이거 봐, 우거진 나무 아래로 달 들어라.

우리는 말하며 걸었어라, 바람은 부는 대로.

등 불빛에 거리는 해적여라, 희미한 하느편에
고이 밝은 그림자 아득이고
퍽도 가까힌, 풀밭에서 이슬이 번쩍여라.

밤은 막 깊어, 사방은 고요한데,
이마즉, 말도 안 하고, 더 안 가고,
길가에 우뚝하니. 눈감고 마주서서.

먼먼 산. 산 절의 절 종소리. 달빛은 지새여라.

왜 이 시가 사람들 눈에 안 띄었을까? 왜 그 많은 평론가
가 이 작품에 주목하지 않았을까? 이런 의문이 들더군요.
제가 보기에는 김소월의 서정이 잘 발휘된, 매우 뛰어난
작품으로 다가왔거든요. 제 딴에는 숨어 있는 보석을 발
견한 것처럼 기뻤습니다.
밤 나들이에 나선 '단 두 몸'이 어떤 사이인지는 모르겠으
나 분위기로 보아 퍽 다정한 사이라는 건 분명해 보입니
다. 대화를 나누며 걷던 두 사람은 밤이 막 깊어지고 고

요가 찾아들자 그 자리에서 걸음을 멈춥니다. 고요를 깨뜨리기 싫어서였을까요? 조금 전까지 나누던 대화도 그만두었고요. 그러면서 가만히 눈 감고 마주 섭니다. 그런 두 사람을 먼 산에 있는 절에서 울리는 종소리가 감싸고 있군요. 거기에 달빛이 그윽한 배경을 만들어 주고 있고요. 더 이상 다른 말이 필요 없는 아름다운 그림 아닌가요? 서로 말을 그치고 그 자리에서 더 안 가는 마음, 그게 바로 절제의 미학과 통하는 지점일 수도 있겠습니다. 모가 나거나 튀는 장면과 낱말이 하나도 없습니다. 나도 모르는 사이 함께 합장合掌하고픈 마음이 절로 우러나오는 시입니다. 이 시를 페이스북에 간단한 감상과 함께 올렸더니 내 평가에 동의하고 공감해 수는 분들이 많았습니다. 김소월의 시에 대해 우리는 과연 얼마나 알고 있을까요? 대표작 한두 편으로 그 시인에 대해 잘 알고 있는 것처럼 여긴 건 아닌지 돌아볼 필요도 있겠습니다.

자신이 좋아하는 시인이 있으면 새로운 시집이 나올 때를 기다려 꼬박꼬박 사는 독자들이 있습니다. 그 시인을 사랑하고 흠모하는 방식이겠지요. 작고한 시인이라면 모든 시가 실려 있는 전집을 사서 보기도 하고요. 이런 것도 깊고 넓게 보는 방식 아닐까요? 깊게 볼수록 시를 바라보는 눈이 넓어지기도 하는 법이니까요. 전집을 살피다 보면 뜻밖에도 이전에 보지 못했거나 가볍게 지나쳤던 작품 중에서 새롭게 눈에 띄는 작품을 만날 수 있습니다. 그런 발견의 기쁨을 누릴 수 있다면 얼마나 좋을까요? 아직은 다른 이들의 눈에 띄지 않은, 하지만 언젠가는 자신을 찾아올 눈 밝은 독자들이 있을 거라는 기대를 품고 숨어 있는 시와 시인들이 많지 않을까 싶습니다. 미국의 에밀리 디킨슨처럼 죽은 뒤에야 빛을 본 시인들도 많으니까요. 시의 생명은 그만큼 길고 끈질깁니다. 온갖 화려한 이미지가 넘쳐나고 다양한 즐길 거리가 쏟아져도 시가 여전히 우리 곁에 좋은 친구로 남아 있는 이유이기도 합니다.

10 나쁜 시 읽기

'나쁜 시' 읽기

서정주의 친일시와 어용시

'나쁜 시 읽기'라고 하면 두 가지 갈래로 접근할 수 있습니다. 하나는 '나쁜 시' 읽기이고, 다른 하나는 '나쁜' 시 읽기라고 하겠는데요. 그중에서 먼저 '나쁜 시' 읽기에 대해 생각해 보려 합니다.

세상에 나와 있는 시들을 '나쁜 시'와 '좋은 시'로 구분할 수 있을까요? 어떤 이들은 이렇게 말하더군요. 그런 구분은 의미가 없고, '잘 쓴 시'와 '못 쓴 시'가 있을 뿐이라고요. 언뜻 생각하면 그럴듯하고, 나쁜 시라는 것도 넓게 보면 못 쓴 시일 수 있을 테지요. 그렇지만 저는 '나쁜 시'는 있다고 보는 편입니다.

이런 시는 어떨까요? 서정주 시인이 쓴 〈마쓰이 오장 송가松井伍長頌歌〉 같은 시 말입니다. 1944년 12월 9일 〈매일신보〉에 발표한 시인데요. 마쓰이는 사람 이름이고, 오장은 군대 안의 계급으로 지금의 하사관 정도입니다. 송가는 당연히 칭송하는 노래라는 뜻이고요. 그렇다면 마쓰이는 어떤 사람일까요? 일본 이름을 쓰고는 있지만 시인이 직접 시 안에서 밝히고 있는 것처럼 "조선 경기도 개성 사람"입니다. "인씨印氏의 둘째 아들 스물한 살 먹은 사내"이기도 하고요. 마쓰이 아니 조선 청년 인재웅은 가미카제 특공대원으로 전쟁에 참여했다 필리핀의 레이테 섬에서 전사했습니다. 그런 죽음을 "장하도다"라는 말을 써 가며 기리기 위해 쓴 게 서정주 시인의 시입니다. 이런 시들을 흔히 친일시라는 용어로 부르고 있으며, 서정주는 이 시 말고도 여러 편의 친일시를 남겼고, 그로 인해 지금도 비판과 비난의 대상이 되고 있습니다. 어디 서정주뿐

인가요? 모윤숙, 노천명, 주요한, 김동환 같은 숱한 시인들
이 같은 대열에 서 있지요. 역사의 비극이라 할 수 있겠는
데, 어쩔 수 없는 사정이 있었다손 치더라도 그들이 쓴 친
일시들을 '나쁜 시'라고 규정하는 데 큰 어려움은 없지 않
을까 싶습니다.

친일파 시인이라고 규정당한 여러 시인 중에서 서정주 시
인이 유독 중심 표적이 되었는데요. 왜 그럴까요? 그건 필
시 이승만 대통령 전기를 쓰고, 전두환 대통령의 생일을
맞아 축시를 쓴 게 알려지면서 더욱 지탄의 대상이 됐기
때문일 겁니다. 전두환 대통령에게 바치는 축시는 시종
낯 뜨거운 구절로 일관하고 있는데, 압권은 마지막 구절
이지요.

이 겨레의 모든 선현들의 찬양과
시간과 공간의 영원한 찬양과
하늘의 찬양이 두루 님께로 오시나이다.

봉건시대에는 저런 식의 표현으로 임금의 만수무강과 영
원한 복락을 기원하는 송축가가 많았습니다. 그런 걸 지
금의 잣대로 평가하는 건 무리일 테지만, 국민이 주인이

라는 민주주의 시대에 들어서도 통치자를 숭배하는 글을 시라고 써내는 건 시를 모독하는 일이나 마찬가지입니다. 그런 걸 어용문학이라고도 하는데요. 대표적인 게 이성계의 조상들을 찬양하며 조선 왕조 창업을 기리는 〈용비어천가〉일 테고, 그와는 결이 다르긴 해도 송강 정철의 〈사미인곡〉이나 〈속미인곡〉이 겉으로는 사랑하는 임에 대한 연정을 그리고 있지만 실제로는 자신의 주군인 선조를 향한 구애를 담은 작품이라는 건 많이 알려진 사실입니다. 표현이 아름답다는 걸 인정한다 해도 그 안에 담긴 내용의 순수성에 대해 비판의 눈길을 거두어서는 안 됩니다.

서정주 말고도 김춘수 시인이 전두환 대통령 퇴임식 때 헌정시를 써서 바쳤다는 게 뒤늦게 알려져서 많은 사람에게 실망을 안겨 주기도 했습니다. 마지막 구절이 이렇게 되어 있군요.

그 자리 물러남으로 이제 님은 겨레의 빛이 되고 역사의 소금이 되소서.
님이시여 하늘을 우러러 만수무강하소서.

서정주 시인이 쓴 축시와 쌍벽을 이룰 만큼 닮았네요. 전두환 정권이 들어선 다음 민주정의당 국회의원을 했던 김춘수 시인은 훗날 그때 일은 자신의 의지가 아니었다고 했으나 구차한 변명이라는 평가에서 자유롭지 못합니다. 서정주는 식민지 시기에 이미 친일시를 쓴 전력이 있으니 나중에 전두환 찬양시를 쓴 게 느닷없지는 않지만 김춘수는 순수시를 쓴다면서 사회 현실에서 한 발짝 물러나 있던 시인이라 당혹감을 주었지요. 더구나 '무의미 시'라는 걸 내세워 사물과 언어의 순수한 관계를 재정립하고 탐구해야 한다는 시론을 펼친 이가 쓴 시라고 보기에 전두환 헌정시는 너무 생뚱맞을뿐더러 표현력은 언급하기조차 민망할 정도입니다. 아무리 봐도 스스로 자기 자신을 배반한 시라는 느낌밖에는 들지 않는군요. 위에 인용한 대목을 보면 아무리 헌정시라고 해도 도저히 봐주기 어려울 정도 아닌가요? 못 쓴 시이면서 동시에 나쁜 시의 전형을 보는 듯합니다. 시인의 삶과 시를 분리해서 봐야 한다는 말을 하는 이들이 많긴 하지만 부끄러운 모습인 것만은 분명합니다.

'나쁜 시'를 읽어야 할 이유

권력에 아부하거나 찬양하는 도구로 시가 쓰이는 건 바람직하지 않다는 점에 대해서는 대부분 동의할 텐데요. 예전에 김대중 대통령과 노무현 대통령이 돌아가셨을 때 일부 시인들이 앞장서서 헌정시 모음집을 펴낸 적이 있습니다. 저에게도 동참해 달라는 메일이 왔으나 저는 거절했습니다. 그 일로 원로 시인 한 분이 사석에서 저에게 화를 냈던 일도 기억나는군요. 헌정시 자체가 나쁘다고 생각하지는 않습니다. 성격은 좀 다르겠지만 역사적 인물 가운데 충분히 평가가 끝난, 이순신 장군이나 세종대왕, 안중근, 유관순, 전태일 같은 인물들을 기리는 시는 얼마든지 쓸 수 있고, 실제로 그런 시들이 많이 창작되었습니다. 그걸 잘못됐다고 하는 이들도 거의 없고요. 하지만 권력자로서 아직 평가가 덜 끝났다고 여겨지는 이들에 대해서는 신중할 필요가 있지 않을까 싶습니다.

서정주 시인의 고향인 전북 고창에 미당시문학관이 들어서 있습니다. 그곳에는 서정주가 쓴 친일시를 비롯해 전두환 대통령에게 바친 축시도 전시해 놓았습니다. 가린다고 해서 허물이 없어지는 건 아니므로 그런 모습까지도 함께 보여 주면서 총체적인 평가를 해 달라는 뜻일 겁니다. 그런 면에서 친일시 전시는 잘한 일이라고 봅니다. 서정주가 행한 친일 이력과 권력에 굴종하고 아부한 이력이 워낙 크고 뚜렷하다 보니 어쩔 수 없이 그런 선택을 할 수밖에 없었겠지만요. 미당시문학관에 가면 김춘수 시인이 서정주의 삶과 시를 연결해 언급한 글귀를 만날 수 있는데요.

"미당의 시로 그의 처신을 덮어버릴 수는 없다. 미당의 처신으로 그의 시를 폄하할 수도 없다. 처신은 처신이고 시는 시다."

'처신은 처신이고 시는 시'라는 말에 담긴 의미를 어느 정도 이해할 수는 있으나 하필이면 그런 말을 김춘수가 했다는 점에서 아이러니를 느낍니다.

아무튼 친일시나 어용시처럼 나쁜 시도 읽을 필요가 있습니다. 고귀한 것을 얻거나 감수성을 키우기 위해서가 아니라 오욕의 역사를 통해서도 배울 게 있듯 나쁜 시를 통해서도 배울 게 있다는 얘기인데요. 친일시 논란 때문에 서정주의 시를 국어 교과서에서 퇴출해야 한다는 얘기들이 있었습니다. 저는 그런 방식보다는 서정주의 대표작들과 친일시를 나란히 싣는 것도 하나의 방편이 되지 않을까 싶습니다. 미당시문학관에 친일시를 전시한 것과 마찬가지 방식으로요. 없애고 지우는 것보다 명백히 밝혀서 반면교사로 삼을 수 있도록 하는 게 교육의 효과를 높이는 방편이 될 수도 있습니다. 그런 시들을 읽는 건 감상을 위해서가 아니라 비판과 성찰 그리고 분석의 대상으로 삼기 위해서라는 사실을 새삼 강조할 필요는 없겠지요.

북한 시인들의 체제 찬양시

해방 후 북한에서 활동한 조기천이라는 시인이 있었습니다. 장편 서사시 〈백두산〉을 써서 한때 북한 최고의 시인으로 명성을 떨쳤으며, 남한에도 시집이 나와 있어 누구라도 읽어 볼 수 있습니다. 그만큼 중요한 작품으로 평가받고 있기는 한데, 이 작품을 어떻게 이해하고 받아들여야 하느냐는 문제로 들어가면 쉽게 결론을 내기 어렵습니다. 이 시는 항일혁명문학의 성격을 띠고 있는 동시에 수령형상문학으로 분류하기도 합니다. 수령형상문학이란 북한의 최고 지도자인 김일성 수령의 영웅적인 면모를 부각하는 것에 주안점을 둔 문학을 가리키는 용어인데요. 식민지 시기에 카프 활동을 했던 이찬 시인이 해방 후 월북해서 쓴 〈김일성 장군의 노래〉(노래 가사로 쓴 것이긴 하지만) 같은 게 대표적인 작품으로 꼽힙니다. 소설 쪽에서는 한설야가 김일성을 우상화하는 작품을 쓰기도 했습니다. 조기천의 〈백두산〉은 김일성의 대표적인 항일 투쟁으로 알려진 보천보 전투가 소재이며, 김일성이라는 이름은 나오지 않지만 대신 등장하는 '김대장'이라는 인물이 바로 김일성을 가리키고 있습니다. 김일성의 영웅성만 부각한 게 아니라 '꽃분이'와 '박철호'처럼 항일 투쟁에 나선 민중들의 모습도 함께 담고 있어 민중성과 보편성을 갖추고 있다는 평가를 받기도 합니다. 그렇다 할지라도 김일성을 우상화하기 위한 시라는 지적이 사라지는 건 아닙니다.

이런 시들도 권력자를 찬양하거나 숭배하는 어용문학이라는 건 분명합니다. 제가 말하는 '나쁜 시' 계열에 속한다고 할 수 있지요. 그런데 이게 그리 간단한 문제는 아닙니다. 북한에서는 당과 수령에게 복무하는 문학이 아니면 설 자리를 마련하기 어렵습니다. 그리고 문학이란 건 시대와 나라마다 고유한 특성을 지니고 있어서 그런 점을 외면한 채 지금 여기서 우리가 향유하는 문학의 관점으로 재단하는 것은 위험한 일이기도 합니다. 방금 말한 작품들을 북한 인민들이 사랑하고 있다는 가정이 성립한다면, 수용자를 중심에 놓고 바라보는 면에서 무조건 '나쁜 시'라고 하기 어렵다는 난제가 등장합니다. 좀 심하게 이야기하자면 너희들에게 읽으라고 강요하는 것도 아닌데, 왜 체제가 다른 나라의 시에 대해 좋은 시니 나쁜 시니 떠드냐는 항의가 들어올 법도 합니다. 앞에서 시란 애초부터 이래야 한다는 고정된 틀에 갇히는 걸 거부한다는 말을 떠올리면 더욱 그렇습니다. 그래도 아쉬움은 많이 남습니다. 백석 시인이 해방 후 고향인 북쪽 땅에 남아 겪은 고초를 생각하면 가슴이 절로 아프기 때문인데요. 백석 시인은 천성적으로 북한 체제에 동화되기 힘든 시인이었습니다. 그런 시인이 당의 요구에 따라 김일성과 북한 체제를 찬양하는 시를 써서 바쳐야만 했던 사실을 생각하면 화가 날 정도입니다. 당의 방침을 따르려고 애썼음에도 결국 집단농장에서 쓸쓸하게 삶을 마친 걸 생각하면 더욱 그렇고요. 백석 평전을 쓴 안도현 시인은 북한에서 백석 시인이 쓴 시들은 창작품이라기보다는 제작된 작품이라는 인상을 강하게 풍긴다고 했습니다. 제가 보기에는 인상을 풍기는 정도가 아니라 실제로 그렇게 볼 수밖에 없는 시들이었습니다.

북한 시인들이 쓴 수령 찬양시들을 굳이 찾아 읽을 필요는 없습니다. 북한 문학을 연구하는 학자나 평론가들이라면 그런 시들도 찾아 읽으면서 분석의 대상으로 삼아야겠지만, 일반 독자들까지 굳이 그런 수고를 할 필요는 없을 테니까요. 다만 북한 시인들의 시라고 해서 한결같이 수령이나 북한 체제를 찬양하는 시만 쓴 건 아니라는 사실도 기억할 필요는 있습니다. 2000년 '남북이산가족상봉' 행사 때 북한의 오영재 시인이 남한에 온 적이 있습니다. 오영재 시인은 《영원히 당과 함께》와 같은 시집을 냈고, 대동강변에 세운 주체사상탑에 새긴 〈오! 주체사상탑이여〉라는 시를 썼을 만큼 북한 문학의 충실한 구현자이며, 김일성훈장을 받을 정도로 북한 최고의 계관시인입니다. 그런 오영재 시인이 남한에 와서 어머니를 그리는 〈늙지 마시라〉라는 시를 낭독했는데요. 이 시는 아무런 이념이 담겨 있지 않은 절절한 사모곡思母曲이어서 많은 이들의 마음을 울렸습니다. 인터넷에서 검색해 보면 무척 많은 이들이 이 시를 인용하거나 소개하고 있습니다. 이런 시를 읽고 감동하는 건 남한 사람이나 북한 사람이나 마찬가지일 겁니다. 그런 걸 보편성이라고 할 수 있겠는데요. 하지만 보편적이라고 하기 힘든, 가령 수령 찬양시를 읽고 감동하는 북한 사람들도 있다는 걸 부정할 수는 없습니다. 감정이란 것도 때로는 사회적 산물일 수 있음을 생각해 봐야 하지 않을까 싶습니다.

'나쁜' 시 읽기

텍스트에 충실한 읽기에서 의미 확장 단계로

시가 가진 특성 중의 하나는 모호성이고, 같은 시라도 읽는 사람에 따라 해석이 달라지곤 합니다. 그래서 "당신은 그렇게 읽었지만 나는 이렇게 읽었어. 그게 뭐 어때서?"라고 한다면 딱히 반박하기 어려운 지점이 있는 것도 분명합니다. 그래도 어느 정도는 합리성을 갖춘 시 읽기가 필요합니다. 시에 아무리 모호성이 있다고 해도, 그 모호성을 아무런 맥락도 없이 자신이 설정한 틀에 맞추어 마음대로 재단하거나 해석하는 건 바람직하지 못합니다.

시를 읽는다는 건 시를 통해 새로운 인식을 경험하고, 그런 과정을 통해 궁극적으로 나를 변화시키는 일입니다. 자신이 구축해 놓은 가치관이나 인식 틀 안에 모든 시를 욱여넣어서 납작하게 만든다면 그건 아무런 변화도 이끌어 내지 못하는, 바람직하지 못한 시 읽기라고 하겠습니다. 지나치게 객관적인 시 읽기에만 매달리는 것도 옳지 않지만 지나치게 주관적으로만 시를 읽으려 하는 것도 그리 권장할 만한 방법은 아닙니다. 국어 시간에 하는 시 수업이 대체로 객관적인 시 읽기에 치우치고 있다는 점은 많은 이가 문제점으로 지적한 바 있습니다. 국어 교사나 참고서가 일러 주는 해설이 유일하게 옳은 혹은 객관적인 해석처럼 통용된다면 시를 풍부하게 읽는 체험을 가로막을 수 있습니다. 더구나 시를 시험지 안으로 끌고 들어가면 시를 읽는 틀을 정해 놓고 강요하는 게 될 테고요. 그렇다고 해서 철저하게 주관적인 방식으로만 읽는 게 옳다고 하기 어렵습니다. 시인의 의도에 맞춰서 읽을 필요는 없지만, 시인이 어떤 의도를 가지고 썼는지에 대한 질문을 생략한다면 시를 제대로 읽었다고 하기 어렵습니다. 더구나 시에 담긴 기본 의미까지 비틀거나 왜곡해서는 안 되겠지요. 시인의 의도에 질문을 품으면서 주관적인 방향으로 나아간다면 좋겠습니다. 물론 객관과 주관을 완벽하게 분리하기 어려운 지점이 있습니다. 시 읽는 게 어려운 까닭이기도 하고요.

국어 시간에 식민지 시기에 창작한 시를 배우다 보면 어김없이 나오던 해석이 있습니다. 한용운의 시에 줄곧 등장하는 '님'은 조국이나 불법佛法을 나타낸다는 식인데요. 이육사의 대표작 〈청포도〉에 나오는 '내가 바라던 손님'은 시인이 애타게 바라던 '조국 광복'을 상징한다고 배웠을 겁니다. 시인의 삶과 시인이 살아온 시대를 엮어서 해석하고 감상하는 태도인데요. 이육사가 살아온 삶을 생각하면 크게 틀린 추론은 아닐 수 있습니다. 그렇지만 그런 해석 이전에 시를 있는 그대로 받아들이고 해석하는 게 중요하다고 생각합니다.

텍스트에 대한 1차 해석이 먼저라는 얘기인데요. 시대 배경을 생각하지 않고 〈청포도〉를 읽을 때 다가오는 첫 느낌을 그대로 받아안는 것만으로도 시가 주는 감흥을 충분히 맛볼 수 있지 않을까요? 눈을 감고 시에 그려진 풍경을 상상해 보는 것, 시를 감상하는 건 그런 태도에서 시작해야 하지 않을까 싶습니다. 그런 감흥을 빼놓고 무작정 "여기서 손님은 조국 광복을 뜻해"라고 외우다시피 하는 건 건조한 시 읽기로 빠지면서 시가 주는 맛을 느끼지 못하게 할 위험이 있습니다. 1차적인 시 읽기를 한 후 의미 확장 단계로 나아가 시인의 삶과 시대까지 연결해 해석해 보는 것은 중요하고 충분한 의미가 있습니다. 그래야 할 필요도 있고요. 하지만 무엇보다 먼저 시는 시로 보아야 한다는 원칙을 잊으면 안 된다고 봅니다.

연구자들의 시 읽기와 독자들의 시 읽기는 다를 수밖에 없는데요. 어떤 연구자는 〈청포도〉에 나오는 '손님'이 김원봉과 함께 의열단 활동을 했고, 1942년 태항산 전투에서 숨진 독립운동가 윤세주를 가리키는 게 틀림없다고 말합니다. 이육사도 의열단 단원인 데다 두 사람의 친분과 여러 사료를 들어 자신의 추정에 정당성을 부여하고 있더군요. 그런가 하면 어떤 연구자는 이육사의 다른 대표작 〈광야〉에 나오는 '초인'의 실제 모델이 있으며, 역시 독립운동가였던 허형식일 거라고 주장합니다. 그런 추정과 주장은 학자로서 충분히 내세울 수 있는 견해입니다. 하지만 그런 주장의 타당성을 증명할 길은 없습니다. 이미 이 세상에 없는 시인을 찾아가 물어볼 수도 없는 일이니까요. 그런 주장을 보면 독자로서 호기심을 가질 수는 있지만 그렇다고 해서 시를 더 풍부하게 읽을 수 있는 건 아닐 텐

데요. 시에 그려진 풍경과 상황, 인물을 특정하게 좁혀서
오히려 확장된 감상을 방해할 수도 있으니까요.

연구자들의 시 읽기가 지닌 함정

그런 대표적인 예가 김소월의 시 〈초혼〉이 아닐까 합니다.
시를 먼저 볼까요?

초혼
산산이 부서진 이름이여!
허공중에 헤어진 이름이여!
불러도 주인 없는 이름이여!
부르다가 내가 죽을 이름이여!

심중에 남아 있는 말 한마디는
끝끝내 마저 하지 못하였구나.
사랑하던 그 사람이여!
사랑하던 그 사람이여!

붉은 해는 서산마루에 걸리었다.
사슴이의 무리도 슬피 운다.
떨어져 나가 앉은 산 위에서
나는 그대의 이름을 부르노라.

설움에 겹도록 부르노라.
설움에 겹도록 부르노라.
부르는 소리는 비껴가지만
하늘과 땅 사이가 너무 넓구나.

선 채로 이 자리에 돌이 되어도
부르다가 내가 죽을 이름이여!
사랑하던 그 사람이여!
사랑하던 그 사람이여!

생전에 사랑했던 그러나 지금은 죽어서 만날 수 없는 이에 대한 사무치는 그리움을 절절히 노래한 시입니다. 이게 시에 담긴 기본적인 의미겠지요. 이럴 때 김소월이 목놓아 부르던 '사랑하던 그 사람'이 누굴까 하는 의문이 드는 건 자연스러운 일입니다. 하지만 그 사람이 구체적으로 누군지 몰라도 시를 감상하는 데 어려움은 없습니다. 각자 다양한 상상을 펼치며 읽으면 그만이기도 하고요. 그런데 의욕이 넘치는 연구자들은 자꾸만 그 대상을 특정하려는 욕심을 부리곤 합니다. 한용운이나 이육사의 예를 들며 김소월이 부르던 이름도 잃어버린 조국이 아니겠냐고 하는 건 지나친 감은 있지만 그렇게 볼 여지가 아주 없는 건 아닙니다. 그런데 거기서 나아가 관동대지진 때 억울하게 죽은 조선 사람들을 가리킨다고 주장하는 논문도 있더군요. 김소월은 관동대지진이 일어나기 직전에 일본으로 유학 갔다가 지진 직후 조선으로 돌아온 다음 다시 일본으로 건너가지 못했습니다. 그런 김소월의 일대기에 억지로 끼워 맞춘 해석으로 보입니다. 텍스트를 아무리 읽어 봐도 제 눈에는 관동대지진과 엮어서 해석할 만한 구절이 눈에 띄지 않거든요. 시를 시 자체로 보지 않고 자신이 주관적으로 세운 가설에만 의존한, 불성실한 해석으로 보입니다. 김소월을 어릴 때부터 돌봐 준 숙모 계희영 씨가 남긴 기록을 보면, 김소월이 평소 가까이 지내던 친구가 일찍 죽어 그 슬픔을 못 이겨 쓴 시라고 합니다. 가장 가까이에서 김소월을 지켜본 이의 기록인 만큼 신빙성이 있어 보이지만 그런 시각 역시 계희영 씨의 추측일 수 있습니다.

연구자들의 접근 방식이 시를 이해하는 데 도움을 주는 건 분명합니다. 충분한 논리와 사료를 바탕으로 한 것에 한정되긴 하지만, 때로는 독자가 미처 발견하지 못한 부분을 찾아서 친절히 일깨워 주는 경우도 많으니까요. 하지만 연구 논문이나 평론, 혹은 시 해설서에 나오는 풀이에 너무 얽매일 필요는 없습니다. 그저 참고 자료 정도로만 삼고, 자신의 느낌에 충실한 편이 훨씬 바람직합니다. 시를 읽을 때 경계해야 할 일이 텍스트를 벗어나 과도하게 해석하려는 태도입니다.

하나 더 예를 들어 볼까요? 서정주의 〈국화 옆에서〉를 모를 사람은 거의 없을 겁니다. 어떤 연구자는 국화가 일본 왕실의 문장紋章으로 쓰인다는 점 등을 들어 이 시가 교묘하게 일본 제국주의를 찬양하는 작품이라고 주장하는 글을 써서 책으로 냈는데요. 일본 신화를 비롯해 일본 사회와 문화를 분석한 책으로 유명한 베네딕트의 《국화와 칼》까지 끌어들이며 자신의 주장을 강화하고 있더군요. 〈국화 옆에서〉가 처음 발표된 건 1947년 11월입니다. 해방된 지 2년도 넘은 때에 서정주가 굳이 일본을 찬양하는 시를 쓸 이유가 있었을까요? 이 연구자는 서정주가 해방

전에 친일시를 썼다는 것을 바탕으로 자신이 세운 가설에 따라 작품을 분석하면서 시 속에 숨겨진 -시인이 일부러 숨겨 놓았다고 가정해 가며- 의미를 찾으려 했을 텐데요. 이런 과잉 해석은 서정주가 아무리 친일시를 쓴 전력이 있다고 해도 폭력적으로 시를 읽는 사례가 아닐 수 없습니다. 시인에 대한 선입견이 지나치게 작용한 탓이겠지만, 역으로 시를 대할 때 조심해야 할 게 무엇인지 생각하게끔 하는 사례라고 하겠습니다.

맥락을 무시한 시 읽기

연구자들의 과욕에서 빚어진 그릇된 읽기와는 결이 다르지만 시 읽기와 관련해서 매우 안 좋게 여긴 사건이 있었습니다. 2013년에 정호승 시인이 쓴 시 〈유관순〉의 구절이 유관순 열사에 대한 모독이자 명예훼손이라며 유족이 강력하게 항의했는데요. 이 시는 모두 아홉 편으로 된 연작시이며, 1979년에 펴낸 첫 시집 《슬픔이 기쁨에게》에 실려 있었습니다. 대체 무엇이 유족들을 그토록 화나게 만들었을까요? 연작시 중 첫 번째 작품의 첫 행이 "그리운 미친년 간다"로 되어 있습니다. "유관순=미친년"의 도식에만 갇혀, 유관순의 숭고한 삶을 시라는 형식을 빌려 감히 유린(?)해도 되느냐는 항의였습니다. 모든 글과 말은 맥락이라는 게 있습니다. 그래서 맥락을 살피지 않은 채 앞뒤 자르고 한두 구절 혹은 낱말만 떼어 내서 이런 뜻이라고 규정하면 발화자의 의도와는 정반대로 해석되는 경우가 많습니다. 유족의 항의가 나온 건 이 시가 발표된 지 30년도 넘은 시점이었습니다. 그동안 아무도 이 시가 유관순을 모욕했다고 말한 사람은 없었으며, 오히려 평론가와 독자들에게 사랑받던 작품이었습니다. 시집 뒤에 실은 발문에서 박해석 시인은 "내가 보아 온 어떤 연작시보다도 뛰어난 성과를 거두고 있는 〈유관순〉"이라며 극찬했고, 여러 평론가도 좋게 평가한 걸로 기억합니다. 2003년 〈중앙일보〉 '시가 있는 아침'이라는 코너에서 문정희 시인이 이 시를 소개했을 만큼 문학성을 폭넓게 인정했지요. 저 역시 정호승 시인의 첫 시집이 나왔을 때 〈유관순〉 연작을 보며 빼어난 시들이라고 여겼던 기억이 나니까요.

시에는 역설과 반어가 표현 기법의 중요한 도구로 널리 쓰입니다. 시적 효과를 높이기 위해서인데요. 시에서만 그런 게 아니라 일상 어법에서도 자주 쓰는 방법이지요. 그런 면에서 볼 때 시에 쓰인 '미친년'을 비하와 욕설로 받아들이는 건 참 난감한 일입니다. 오히려 조국의 독립을 미칠 만큼 갈망했다는 걸 보여 주는 동시에 가슴을 훅 치고 들어오는 강렬함을 불러일으키는 시구로 받아들여야 하지 않을까요? 미치지 않고서야 일제의 총칼 앞에 자기 목숨을 초개처럼 던질 수 없을 테니까요. 그렇게 미친년의 심정으로 새로운 세상을 향해 달려가는 유관순 열사의 심상이 저에게는 선연히 다가옵니다. "햇빛 속을 낫질하며" "이 땅의 발자국마다 입맞춤하며" 가는 "그리운 미친년"이라는 맥락을 생각할 때, 저는 그걸 모욕이라는 말과 연결하지 못하겠습니다.

사태의 결말은 정호승 시인이 유족의 요구를 받아들여 일간지에 '석고대죄'라는 말까지 써 가며 사과 광고문을 싣는 것으로 마무리되었습니다. 그러면서 이후 자신의 이름으로 발간되는 어떤 시집에도 이 시들을 싣지 않겠다고 약속했습니다. 여러 문인이 그런 결말에 대해 우려했으나 시인으로서는 스스로 감당하기 어렵다는 판단을 내린 모양입니다. 사과 대신 해명을 통해 이해를 구하는 방법도 있겠으나 격앙된 유족들과 맞서기에는 부담이 컸겠지요. 애꿎은 시가 순교를 당했다고나 할까요? 시보다 더 중요한 게 얼마든지 있을 수 있다는 사실을 부정하지는 않지만 생각할수록 안타까운 일입니다. 그렇게 끝난 것 같았던 사태가 2022년 3월 1일에 재연되기도 했습니다. 삼일절을 맞아 더불어민주당의 국회의원이 자신의 페이스북에 그 시를 싣자 다시 비난이 쏟아졌고, 결국 시를 내리면서 사과해야 했습니다.

제가 생각하기에 '나쁜' 시 읽기의 대표적인 사례가 아닐까 합니다. 도덕과 교훈, 고상한 언어만 강요한다면 시가 설 자리는 없습니다. 그런 걸 찾으려면 차라리 철학서나 교양 수필, 명상집, 잠언집 같은 걸 읽으면 됩니다.

시에는 고상한 언어만 담아야 할까?

제가 직접 겪은 사례 하나를 더 소개할까 합니다. 2015년에 열 살짜리 소녀가 쓴 시집이 출간된 일이 있는데, 거기 실린 시 한 편을 두고 '잔혹동시'라는 이름을 붙여 비판한 신문 기사가 있었습니다. 논란이 된 건 〈학원 가기 싫은 날〉이라는 시였는데요. 학원 가기 싫을 때는 엄마의 눈깔을 파먹고 엄마를 살코기로 만들어 먹겠다는 표현이 나와 사람들을 놀라게 했습니다. 그냥 엄마를 죽이고 싶다는 정도의 문장이라면 충분히 그 심정을 이해할 수도 있겠으나, 시종 엽기적이라 할 만한 표현들로 채우고 있어 충격적이라는 반응이 많이 나온 걸로 기억합니다. 그런데 얼마 뒤 다른 신문에서 청소년시에도 그런 게 있다는 내용의 기사를 내보냈습니다. 청소년시라는 장르가 등장한 지 얼마 안 된 때이고, 어느 출판사에서 여러 시인에게 청탁해서 펴낸 청소년시 모음집이 막 나왔을 때입니다. 저도 그 시집에 몇 편의 청소년시를 실었는데요. 기자가 그 시집에서 두 편의 시를 논란의 대상으로 만들었는데, 그 중의 한 편이 제가 쓴 시였습니다. 기자들의 속성상 어떤 이슈가 발생하면 그걸 확대 재생산하려는 의욕을 가지기 마련입니다. 그 자체로 나쁘다고 할 수는 없지만, 제대로 된 근거와 사실을 바탕으로 해야 한다는 건 기본입니다. 아무튼 기사에 제 시를 인용했는데, 전문은 이렇습니다.

한 대만 때리면 안 될까요?
저 새끼가요.
나보고 애자 새끼라고 놀리잖아요.
그냥 참으려고 했는데

다른 반까지 가서 떠들고 다녔거든요.
하지 말라고 좋은 말로 얘기했는데
실실 쪼개기만 하는 게 더 기분 나빠요.
그냥 있으면 나만 바보가 되는 거 같아서
딱 한 대만 치려고 했어요.
우리 아빠가 다리를 저시거든요.

그러니까 선생님
저 새끼를 한 대만 때리면 안 될까요?

시에 나오는 "애자"는 장애자를 줄인 말입니다. 혐오 표
현이라는 인식이 생기면서 요즘은 잘 안 쓰지만 한때 청
소년들 사이에서 상대를 비하하는 말로 널리 쓰였습니다.
청소년을 독자로 보고 쓴 시라서 일부러 청소년들의 말투
를 그대로 가져온 건데요. 시에 쓰인 '새끼'라는 말이 걸렸
나 봅니다. 기사에 딸린 댓글들을 보니 어떻게 시에다 그
런 쌍스러운 표현을 쓸 수 있냐고 하는 이들이 있더군요.
반대로 제 시를 옹호하는 이들도 있었고요. 시에는 시의
논리가 있기 마련인데 그걸 납득하지 못하는 이들이 종
종 있습니다. 시에서 일상어와 시어를 따로 분리하지 않

는 경우가 많습니다. 시에만 쓰이는 고상한 언어가 따로 있지는 않다는 얘기입니다. 모든 시는 감상의 대상이기도 하지만 평가와 비판의 대상이 되기도 합니다. 그런 면에서 제 시를 작품성이 떨어진다고 평가할 수도 있고, 유치하다고 말할 수도 있습니다. 일반 독자들이 그렇게 여긴다면 그거야 얼마든지 받아들여야 할 일입니다. 하지만 기자가 이 시를 '잔혹'과 연결해서 읽고 기사를 쓴 것은 그 의도가 무엇인지 생각해 보게 됩니다. 조회 수를 높이려는 얄팍한 계산이 깔려 있지는 않은지 살펴볼 일입니다.

'나쁜' 시 읽기는 대체로 왜곡된 욕망에서 비롯합니다. 시는 욕망의 부질없음을 증명하기 위해 존재하는데, 그런 특성을 배반하는 거지요. 시를 읽는 건 자신을 성찰하는 동시에 감성의 근육을 키우기 위함입니다. 시를 활용하는 건 좋으나 이용하려는 건 경계해야 합니다. 이용과 활용의 차이는 세속적 이득을 생각하느냐 아니냐의 차이일 수도 있겠습니다. 세속적 이득이 꼭 물질적인 것만 뜻하는 건 아니라는 말도 덧붙입니다.

11 시 나누며 즐기기

시 앞에서 잠시 멈춰 서는 시간

시는 여러 번 반복해서 읽을 수 있습니다. 좋은 시일수록
그렇지요. 소설도 반복해서 읽을 수 있지만 시만큼 여러
번 읽기는 어렵습니다. 그건 분량의 문제뿐만 아니라 사건
과 줄거리 중심의 글이 가지는 한계 때문일 수도 있습니
다. 이미 읽어서 머릿속에 들어와 있는 줄거리를 확인하기
위해 많은 시간을 투자하며 몇 번씩 다시 읽어야 할 이유
는 없을 테지요.

시는 감정에 관여합니다. 소설이나 수필도 그렇긴 하지만 시는 다른 장르보다 그런 면에서 압도적이지요. 시와 연설문은 감정을 불러일으킨다는 점에서 공통점이 있지만 그렇다고 해서 시가 연설문과 같지는 않습니다. 연설문은 무엇을 하라는, 혹은 해야 한다는 당위성과 강요를 담고 있지만 시는 성찰을 강조할 뿐입니다. 시는 떠밀지 않고 멈춰 세웁니다. 그렇게 붙들려 있는 시간이 아깝지 않다는 생각이 들게 하는 시가 좋은 시입니다. 그런 시를 만나면 슬프면서 동시에 즐겁고, 괴로우면서 동시에 차분해집니다. 희미하지만 앞으로 걸어가야 할 길이 보이기도 합니다. 지치지 않고 살아가기 위해서는 잠시 쉬었다 가는 쉼터가 필요하고, 시가 그런 쉼터의 역할을 하기도 하지요. 시와 시 읽기는 내가 나로 온전히 존재할 수 있도록 하는 동시에 나를 둘러싼 세상이 어떤 모습을 하고 있는지 돌아보게 합니다. 가만히, 내 어깨에 손을 얹거나 감싸 주는 방식으로요.

시는 확실성과 편의성, 유용성 같은 걸 거부합니다. 친절하지 않아서 오히려 사람을 잡아끄는 매력이 있으니 참 독특한 장르이긴 합니다. 그래서 시는 탐구의 대상이기도 합니다. 대체 무슨 말을 하는 거야? 왜 지금 이런 말을 하는 거야? 나를 어디로 데려가는 거야? 그리로 가면 정말 숨은 진실을 만날 수 있는 거야? 일일이 따지며 읽게 합니다. 그런 과정에서 얻을 수 있는 즐거움과 기쁨이 있습니다. 내 마음밭이 넓어지는 경험을 할 수 있기 때문인데요. 밭이란 건 그대로 놔두면 잡초 우거진 쓸모없는 땅이 되지만 가꾸면 옥토가 되지요. 갈아엎고, 씨 뿌리고, 김을 매는 과정 하나하나에 손이 가야 합니다. 힘들이지 않고 얻을 수 있는 건 없는 법이고, 시 읽기도 마찬가지입니다. 때로는 자갈밭처럼 울퉁불퉁해서 엄두가 안 날 때도 있는데요. 그런 자갈밭 같은 시를 만나면 숨 한번 크게 쉰 다음 전투력을 발휘해 보십시오. 시를 전투적으로 대하는 게 말이 되냐고요? 이런, 은유에 대한 이해가 아직도 부족하시군요. 그럼 전투적으로 즐기라는 말로 살짝 바꿔 드릴까요? 세상에는 정체를 알 수 없는 시들도 있는데, 그런 시도 얼마든지 즐길 수 있습니다. 꼭 정체를 제대로 알아야만 즐길 수 있는 건 아니니까요. 미로 찾기 놀이를 즐기는 사람도 있으니, 시가 미로처럼 얽혀 있다고 해서 지레 겁먹지는 마세요. 현실의 미로 찾기 놀이는 반드시 출구를 찾아야 밖으로 나올 수 있지만, 시가 만든 미로에서는 출구가 보이지 않을 때 독자가 자기만의 출구를 만든

다음 그쪽으로 나와도 됩니다. 그렇게 한다 해서 뭐랄 사람 없고, 어쩌면 시인이 일부러 출구를 만들어 놓지 않았을 수도 있거든요. 엉뚱한 출구로 나오는 걸 오독이라고도 하지만, 때로는 오독이 주는 즐거움도 있기 마련 아니겠습니까? 그런 깨달음 속에서 저는 다음과 같이 짧은 시를 쓰기도 했습니다.

복음서

낙지볶음을 낙지복음으로 읽는다
나의 오독을 모독으로 받지 마라
세상의 모든 복음서는
제 몸을 보시한 이들의 말씀으로 이루어져 있느니!

여럿이 함께 읽고 감상 나누기

그래도 시를 읽는 게 어려울 때가 있습니다. 해설서를 비롯한 책들을 봐도 크게 도움이 되지 않을 때가 있지요. 그럴 때면 고민하지 말고 시를 덮거나 이해가 될 때까지 계속 읽어 보라고 했던 걸 기억할 텐데요. 마무리 단계에 왔으니 다른 방법 하나를 소개할까 합니다. 간단히 말하면 여럿이 함께 모여 읽는 방법입니다. 찾아보면 의외로 주변에 독서 모임이 꽤 많은데, 그중에는 시를 읽는 모임도 있습니다. 비평가 같은 전문가를 초대해서 진행하는 모임도 있고, 그냥 시가 좋아서 뭉친 사람들끼리 모임을 하기도 합니다. 각자 특성이 있겠지요. 성원들끼리 미리 합의한 시집이나 시들을 읽고 소감을 나누는 방식으로 진행할 텐데요. 구체적인 진행 방법은 성원들끼리 알아서 정하면 그만입니다. 모임을 하다 보면 내 취향이 아니라서 혼자라면 읽지 않았을 시들을 읽을 수도 있는데, 그런 기회에 시를 대하는 다양한 시각을 경험해 보는 것도 나쁘지 않을 듯합니다. 근자에는 코로나 팬데믹으로 줌zoom으로 만나는 비대면 모임들이 많이 생겼다는 얘기를 들었습니다. 오히려 이런 온라인 모임을 좋아하는 이들이 많다는 것도 알았고요. 소통의 수단과 방식도 시대에 따라 달라지는 게 당연하겠지요. 이런 현상을 누군가는 또 시의 제재로 삼기 위해 끙끙댈 것이고, 그렇게 나온 결과물을 온라인 공간에서 같이 읽으며 이야기 나눌 사람들이 있을 거라고 생각하면 참 흥미로운 일이 아닐 수 없습니다.

시는 기본적으로 열려 있는 텍스트입니다. 다른 장르의

문학작품보다 그런 특성이 강한데요. 한 편의 시를 읽고 주목하는 지점은 독자마다 다릅니다. 어떤 이는 시에서 풍겨 나오는 전체적인 분위기나 느낌에 집중하는가 하면, 어떤 이는 시를 전개하는 방식 혹은 특정한 장면이나 심상에 꽂혀서 반응할 수도 있겠습니다. 각자 이해하는 지점과 이해하는 폭이 다를 수 있는데, 그게 오히려 시를 풍부하게 읽게 하는 장점으로 작용합니다. 자신이 이해한 몫에 다른 이들이 이해한 몫을 가져와 덧대고 깁다 보면 더 깊고 풍부하게 이해할 수 있지 않을까요? 시를 바라보고 해석하는 색다른 시각들을 엿볼 수 있는 건 덤일 테고요. 각자의 해석을 두고 대립하거나 논쟁하기보다는 서로 다름을 인정하는 자세를 익히다 보면 혼자서는 결코 배울 수 없는 영역이 있음을 깨닫게 될 겁니다. 이렇듯 함께 시를 읽고 나누는 모임, 아름다워 보이지 않나요?

자신이 가진 것이나 느낀 것을 나누기 좋아하는 이들이 많습니다. 제가 페이스북에서 만나는 친구들 중에는 시를 사랑하는 이들이 많은 편입니다. 아무래도 제가 시를 쓰다 보니 자연스레 그런 사람들을 친구로 많이 맺게 되었을 텐데요. 시를 쓰는 저보다 오히려 더 시를 많이 읽는 독자들이 있더군요. 자신이 읽은 시를 매일 한 편씩 페이스북에 올리는 분들이 있는가 하면, 자신이 고른 시를 학급 조회 시간에 학생들과 함께 읽으며 대화를 나눈다는 교사도 있고요. 그런 분들이 올리는 시를 통해 제가 미처 만나지 못했던 시와 시인들을 알게 되는 기쁨을 누리곤 합니다. 자신의 마음에 와닿은 시에다 간단한 감상을 덧붙여 다른 이들에게 전하고 나누는 마음이 직접 시를 쓰는 이들의 마음보다 못하지 않다는 생각을 해 봅니다.

시집 바깥에서 시와 만나기

시를 시집 바깥으로 꺼내서, 혹은 시집 밖으로 나온 시들을 찾아서 즐기는 방법도 있습니다. 가령 시와 시인을 다룬 영화들을 감상해 보는 건 어떨까요? 제가 찾아보니 생각보다 그런 영화가 꽤 많았습니다. 시가 영화 언어로 어떻게 구현되고 새롭게 해석되는지 살펴보는 재미가 제법 쏠쏠하더군요. 같은 방식으로 시와 미술, 시와 음악, 시와 무용을 엮어 감상하고 해석해 볼 수도 있겠습니다. 유튜브에 시를 읽어 주는 채널이 여러 개 있고, 시를 만화로 재구성해서 만든 책도 나와 있습니다. 시를 꼭 시집이라는 답답한 틀 안에만 가둬 둘 필요는 없을 겁니다. 일상 속에서 시를 즐기는 법을 찾아보면 생각보다 가까운 곳에 시들이 자리 잡고 있는 걸 발견할 수 있습니다.

시와 어느 만큼 친해지고 싶은가요? 삶의 길잡이 삼아 평생토록 우정을 나누는 깊은 관계를 맺을 수도 있고, 삶이 무료할 때 가볍게 위로받거나 놀아 주는 친구로 삼을 수도 있습니다. 어떤 방식과 수준이 됐든 시는 당신이 내미는 손을 기다리고 있습니다. 관계가 어떻게 발전할지는 당신의 선택에 달렸고요. 즐거운 발걸음으로 시집을 사러 가는 당신의 아름다운 뒷모습을 그려 봅니다.

참고 자료

가능주의자 나희덕 문학동네
곁으로 김응교 새물결플러스
국화와 칼 루스 베네딕트 을유문화사
말라죽은 앵두나무 아래 잠자는 저 여자 김언희 민음사
무향민의 노래 박기영 한티재
반국 노래자랑 정춘근 푸른사상
백석전집 김재용 실천문학사
백석 평전 안도현 다산책방
슬픔이 기쁨에게 정호승 창비
시를 어루만지다 김사인 도서출판b
연어가 돌아오는 계절 고영서 천년의시작
영원히 당과 함께 오영재
은유로서의 질병 수전 손택 이후
작은 것이 아름답다 유종호 민음사
정본 소월전집 김종욱 명상
지금 여기가 맨 앞 이문재 문학동네
햇빛사냥 장석주 문학동네

시 읽는 시간 이수정 감독
일 포스티노 마이클 래드포드 감독
호우시절 허진호 감독

시를 즐기는 법

초판 1쇄	2024년 3월 25일

글쓴이	박일환
펴낸곳	도서출판 단비
펴낸이	김준연
편집	이혜숙
디자인	김선미
출판등록	2003년 3월 24일(제2012-000149호)
주소	경기도 고양시 일산서구 고양대로 724-17, 304동 2503호
	(일산동, 산들마을)
전화	02-322-0268
팩스	02-322-0271
전자우편	rainwelcome@hanmail.net

ISBN 979-11-6350-113-8 03810
책값 12,000원